AS FACES DE
MARIA FIRMINA DOS REIS

AS FACES DE MARIA FIRMINA DOS REIS
DIÁLOGOS CONTEMPORÂNEOS

RENATA DI CARMO

PREFÁCIO

Em seu texto *Intelectuais negras*, bell hooks fala da importância de intelectuais negras encorajarem as mais novas. Em uma espécie de mentoria, colocar-se em diálogo com as que estão em momentos mais recentes do processo intelectual é algo que pode mobilizar a formação de gerações de pensadoras negras. Dentre tantos aspectos para a construção de caminhos para estas mulheres, hooks destaca que devemos compreender nosso trabalho e compartilhar experiências positivas com elas. Tais atitudes comporão um ativismo, uma vez que é por meio destes gestos que também formamos comunidades intelectuais comprometidas e insurgentes.

Sabemos também que hooks, como feminista negra, critica o fato de os corpos de mulheres negras serem aprisionados em estereótipos muito distantes do fazer intelectual. As tecnologias racistas, historicamente, se empenham para criar estratégias epistemicidas contra projetos intelectuais destas mulheres. Diante de um contexto anti-intelectual, racista e machista como o brasileiro, cabe a pergunta: Como é possível autorizar-se a ser uma sujeita mobilizadora de palavras, significados e projetos intelectuais denegadores de matrizes interseccionais tão enraizadas? Maria Firmina também tinha suas inquietações e estratégias. Uma delas era compreender-se como uma mulher negra, escritora, professora e desobediente no século XIX. O fato de ter criado uma escola diz muito sobre seu papel consciente na interferência das regras daquela sociedade a despeito dos projetos colonizadores organizados para ela.

Este livro, *As faces de Maria Firmina dos Reis*, além de alocar Maria Firmina no lugar a que lhe é devido, também usa as pontas das lanças e das penas para revolver os tempos, pois o tempo imposto pela Modernidade/Colonialidade é linear e demanda uma sucessão que não deixa espaço para modos de existir igualitários, legítimos e inventivos. "(...) o colonizador, de forma insistente, tenta inserir o colonizado no tempo homogêneo e vazio da modernidade global, na repetição deste tempo, e tenta incansavelmente fixá-lo neste lugar." (Carmo, 2020, p.58) Mas o tempo deste livro é sobretudo um território ocupado e re-organizado segundo os desejos de quem o contra-costura: a autora Renata Di Carmo na companhia encantada das palavras da escritora maranhense Maria Firmina dos Reis.

Nesta obra, Maria Firmina, a mentora, recebe Lélia Gonzalez e Djamila Ribeiro para um encontro de perspectivas semelhantes e complementares de vozes-mulheres, que reposicionam os lugares de pessoas negras nos tempos. Pelas mãos da autora, instaura-se, assim, um espelhamento oxúnico em diálogo e parecença. Não há nesta proposta uma busca de imagens e palavras iguais ou ideais. Mas um exercício de faceamento pelo qual somos convidadas e convidados a compreender o mundo em pluriverso que potencializa existências negras. Juntas, estas intelectuais constroem movimentos epistêmicos da ordem das mulheres-livro que andam em marcha por todos os tempos.

Com a palavra acadêmica que tem medida certeira de ficção, Renata Di Carmo, escritora e pesquisadora, nos leva por um texto que também transtorna os limites formais do que se espera de uma produção textual teórica oriunda de suas investigações. Ela, assim como suas encorajadoras – Maria Firmina, Lélia Gonzalez, Djamila Ribeiro e Marielle Franco – se autoriza a promover o encontro das quatro na Gira do terreiro-palavra de Firmina. Tal Gira precisa de um espaço que a crudeza acadêmica não pode dar. Por isso, adentramos nos terreiros das transgeneridades textuais.

Já de início, na abertura dos trabalhos, vemos que os pensamentos das três intelectuais se olham e se juntam para abraçar os de Marielle Franco, convidada para a mediação nesta conversa desaforada e desafiadora. Entre as quatro não há espaço para as hierarquias da Colonialidade. Há inspiração, respeito e o semear intelectual negro construído por mobilizações que reposicionam sujeitos negros e brancos, na medida em que estes últimos historicamente atuam nos processos de racismo e escravização e se beneficiam dos legados destas estratégias, conforme aponta Renata:

"Firmina dá forma estética ao pensamento que, em Lélia, pode ser evidente: a noção de que a posição de privilégio que os brancos ocupam é fruto não de uma superioridade racial (o que inclui o intelecto), ou mesmo de um suposto estágio elevado de sua humanidade, mas da exploração do humano pelo humano, da espoliação cultural, do apagamento de memórias, do extermínio – de gentes e culturas. Uma economia e uma sociedade fundada na dependência do outro." (2022, p.24)

Como prova de que a Colonialidade não venceu por completo e que vem sofrendo fissuras e estilhaçamentos, "Maria Firmina dos Reis é de fato uma 'autora de seus dias' sendo, simultaneamente, uma mulher deste tempo, tempo presente. Nesta roda de contação, onde estamos sentadas(os) ao pé do baobá, Maria Firmina dos Reis inspira Djamila Ribeiro e esta é capaz de atualizar tanto Firmina quanto Lélia."

Diante desta imagem que reúne quatro mulheres intelectuais negras na temporalidade estrategicamente revolvida e renascida pela autora, este livro se manifesta para colocar a escritora Maria Firmina dos Reis como uma artista intérprete do Brasil. Mas, no meio da Gira, argutamente, a pesquisadora Renata Di Carmo nos faz pensar que é preciso criar outra categoria para intelectuais como Maria Firmina. É preciso ir para além da interpretação. Deixo esta tarefa a vocês leitoras e leitores contra coloniais.

FABIANA DE PINHO
Doutora em Literatura, Cultura e Contemporaneidade (PUC-Rio);
Professora de Língua Portuguesa no Instituto de Educação Tecnológica do
Rio de Janeiro (IFRJ); componente da Coordenação do Núcleo de Estudos
Afro-brasileiros do Campus Rio de Janeiro (NEABI-IFRJ/CRJ);
colaboradora da coluna de Arte da Revista Amazonas.

SUMÁRIO

Prefácio, Fabiana de Pinho **5**

Introdução **11**

1. Maria Firmina dos Reis e Lélia Gonzalez: *Griottes* em diálogo **21**

2. Maria Firmina dos Reis e o lugar de fala de Djamila Ribeiro **71**

Conclusão **131**

Notas **139**

Referências Bibliográficas **149**

INTRODUÇÃO

14 de março de 2018. Estávamos as quatro no escritório quando chegou ao celular uma mensagem de whatsapp. A vereadora Marielle Franco havia sido assassinada. Quatro tiros na cabeça. Anderson, o motorista, havia sido assassinado. Três disparos nas costas. Eu disse em voz alta: "impossível"! Permaneci estática enquanto tentava assimilar aquela notícia absurda. Eu encarava Lélia, Djamila e Maria; como se esperasse que elas concordassem comigo: aquilo era mais uma *fakenews*, mais um caso de racismo, coisa de *haters*. Mas houve apenas um olhar mais profundo em direção ao meu, um não, três. Desviei, sobretudo do olhar de Maria, que havia sonhado com Marielle na noite anterior, ou teria sido na semana passada? – não sei, ando com dificuldades com essas questões de mensurar o tempo. Passado, presente, futuro: tenho tido a sensação de que são constantemente a mesma massa de temporalidades amalgamadas.

Aquilo não fazia sentido. Há meia hora, em transmissão ao vivo pelo Facebook, eu ouvia Marielle no debate da Casa das Pretas, na Lapa, no evento "Jovens Negras Movendo as Estruturas"[1]. Em sua última fala ela citou a escritora e feminista Audre Lorde, americana de descendência caribenha: "Não sou livre enquanto outra mulher for prisioneira, mesmo que as correntes dela sejam diferentes das minhas". De repente, as palavras tinham fugido. Não havia conversa no escritório. Nenhum diálogo. Apenas silêncio e um peso no ar, como se o teto tivesse descido ao nível de nossas cabeças, querendo comprimir os nossos corpos, achatando-os, até não existirem mais. Olhei no computador, não eram *fakenews*. Marielle havia movido estruturas demais. Quatro tiros. Caixão fechado. Silêncio. Dor no estômago. Vertigem. Pranto desesperado. Uma voz que ecoava bem baixo para depois virar grito partilhado: Lélia Gonzalez e Djamila Ribeiro encaravam Maria Firmina dos Reis, que, com os olhos enfiados no vazio, olhar firme e atrevido, repetia trechos da oração que algum dia, não sei quando nem onde, Maya Angelou, a ativista, lhe ensinou:

Você pode me riscar da História
Com sua amargura, com mentiras distorcidas,
Você pode me arrastar no pó
Mas ainda assim, como o pó, eu vou me levantar.
[...]

Minha altivez o ofende?
Não leve isso tão a mal,
Porque eu rio como se eu tivesse minas de ouro
em meu próprio quintal.
[...]

Das amarras dessa história vergonhosa
Eu me levanto
Acima de um passado que está enraizado na dor
Eu me levanto.
[...]
Trazendo os dons que meus ancestrais me deram,
Eu sou o sonho e as esperanças do escravizado.
Eu me levanto
Eu me levanto
Eu me levanto[2].

Quando a filósofa norte-americana Angela Davis esteve no campus da Universidade Federal do Recôncavo da Bahia (UFRB), na cidade de Cachoeira, em 2017, para proferir a conferência de abertura do curso internacional "Decolonial Black Feminism in The Americas", afirmou:

> Quando a mulher negra se movimenta, toda a estrutura da sociedade se movimenta com ela, porque tudo é desestabilizado a partir da base da pirâmide social onde se encontram as mulheres negras, muda-se a base do capitalismo[3].

Angela certamente não sabia que, no início do ano seguinte, mulheres negras se apropriariam de suas palavras para criar o debate "Jovens Negras Movendo as Estruturas", onde a quinta vereadora mais votada da cidade do Rio de Janeiro, Marielle Franco, faria o seu último discurso. Mas, certamente, depois do ato, as palavras da filósofa nos ajudam não apenas na tentativa de compreensão do incompreensível, mas também a estarmos alertas às dinâmicas do poder em suas investidas constantes de inclusão e exclusão.

Nesse sentido, diante do assombro do vazio experiencial, entre a tentação de abandonar minha proposta inicial de abordagem, que se ancorava na produção intelectual de mulheres negras como gesto de inscrição no mundo e ruptura dentro de um sistema de representação racista, machista e misógino, ou insistir nesta reflexão, decidi investir na imanência do gesto, tanto o delas como o meu. Assim, a minha caminhada de mãos dadas se dá ao lado de Maria Firmina dos Reis, Lélia Gonzalez, Djamila Ribeiro e Marielle Franco, além de tantas outras vozes que convoco como interlocutoras no presente estudo. De certa maneira, pode-se dizer que se trata de um caminho compartilhado.

Pondero que seja uma prática ímpar dar as mãos a outras, e mesmo a outros, que se propuseram a ousadia da reflexão, pavimentando caminhos para que o nosso exercício de escuta e de fala ecoe em outros corpos. Convido estas vozes femininas a fim de, através delas, em suas particularidades, observar as capacidades das mulheres negras de interferirem politicamente no mundo, valendo-se da palavra como forma de inscrição política, e entendendo a linguagem como mecanismo de manutenção de poder, ou de desconstrução de narrativas e desnaturalização de um olhar construído dentro de uma ordem escravagista e colonial.

Considero que lançar os olhos sobre o presente imediato é observar a história como uma contiguidade de tempos presentes, fomentados não em perspectiva causal, mas em simultaneidade. Deste modo, é possível refletir sobre a abolição como um processo de tornar-se livre que ainda se encontra em andamento, como uma construção em curso. É por este viés que proponho pensar a produção das mulheres supracitadas, em seus processos de elaboração de liberdade, em suas formas próprias de criação de deslocamentos simbólicos através da palavra – considerando atentamente as diferentes matrizes de ação política de cada uma. No cotejar de consonâncias e dissonâncias, deseja-se, sobretudo, evidenciar o que há de específico em suas produções.

A proposta está ligada à visão de que as mulheres experimentam a opressão em configurações variadas e em diferentes graus de intensidade, sendo isto também um elemento determinante na maneira como se movimentam no contexto da disputa de narrativas. Os padrões culturais de opressão não só estão interligados, mas também estão unidos e influenciados em sistemas interseccionais produzidos pela sociedade. Exemplos disso incluem "raça", gênero, classe, capacidades físico-mentais e especificidades culturais. Desta forma, o feminismo interseccional diz respeito à intersecção entre diversas opressões, seja de gênero, de "raça" e de classe social.

Partindo de um disparador comum, a execução da vereadora Marielle Franco, propomos refletir sobre a produção textual como o campo de construção de sentidos no mundo e para o mundo – portanto a narrativa como espaço de disputa. Nesta perspectiva, vislumbramos confrontar uma voz comum, esta que vaza e transborda de seu próprio corpo, que é construída na coletividade, que vocifera em "outros" corpos, que se reconhece mesmo que dessemelhante em olhares "outros", e até em "outras" formas de escrever e partilhar o mundo, mas que comunga uma proposta de ação comum – uma voz que é corpo e que está imbricada nele de forma indissociável. Este corpo, que é individual e é coletivo, que transita dentro de um processo temporal esburacado, é também o corpo de que fala Maya Angelou em seu poema já citado, nas palavras "trazendo os dons que meus ancestrais me deram, eu sou o sonho e as esperanças do homem escravizado".

A perspectiva deste tempo não inteiriço entende este corpo como uma perturbação na construção narrativa oficial, esta que opera dentro da lógica disjuntiva que "a colonização e a modernidade introduziram no mundo [...] como um empreendimento profundamente desigual, mas global"[4]. Este tempo lacunar se constitui da co-presença dos sujeitos antes isolados geográfica e historicamente, mas não da co-pertença. Nesta emenda discursiva e mítica, o corpo chamado neste livro como individual e coletivo ao mesmo tempo é a encarnação da história, da palavra e da argumentação – ele é rasura incontestável. A voz que vaza, portanto, deste corpo distinto e múltiplo, marcado pela racialização, ecoa pelos labirintos e encruzilhadas do tempo-espaço, onde passados e presentes se imbricam de forma suplementar. Este tempo constituindo-se, portanto, como lugar de falha,[5] através da qual é possível entrever tantos outros lados.

O espaço que Marielle Franco ocupa é um espaço tomado, um lugar construído dentro de uma dinâmica maior, uma disputa que não se resumiu, e não se resume, a seu próprio espaço-tempo. Assim, tanto a sua forma de estar no mundo, a tentativa de apagamento e silenciamento que sofreu, quanto o seu legado, nos obrigam a meditar sobre esta voz que vaza das limitações do corpo físico, e que reverbera em corpos "outros". Tomar como investida inicial para um campo de reflexão a tentativa de silenciamento deste corpo, não apenas o de Marielle, mas de um corpo social, é perlaborar, individual e coletivamente, sobre quem somos como agentes sociais, bem como sobre as ferramentas que disponibilizamos para este exercício. Isto posto, o verbo – perlaborar – define um pouco da ação, já que o exercício da perlaboração se propõe a um trabalho de travessia, expressa um sentimento ou sofrimento transmutado, ou em esforço contínuo. De antemão, estamos atravessados.

Atentarmo-nos para o fazer de Maria Firmina dos Reis, Lélia Gonzalez e Djamila Ribeiro é uma demanda de perlaboração que requer pensar sobre processos democráticos. Trata-se, nas palavras de Djamila, de propor "novos marcos civilizatórios para que pensemos em um novo modelo de sociedade"[6]. Portanto, o que estamos, particularmente, chamando neste livro de "projeto" é, em específico, o que subjaz à produção intelectual destas mulheres, é o que está nas brechas de suas escritas, é o que comungam como projeto político. No horizonte de uma estética como política, o que se quer é incluir, dentro do debate epistemológico, uma gama de novas perspectivas, subjetividades e percepções.

Objetiva-se promover trânsito entre os discursos de Maria Firmina dos Reis, especificamente a partir do romance *Úrsula* (2018 [1859]), e as reflexões das intelectuais brasileiras Lélia Gonzalez e Djamila Ribeiro. Acreditamos que, nas entrelinhas do romance de Maria Firmina dos Reis, se arma uma investida político-pedagógica que reflete as preocupações sociais da autora e que, em nossa leitura, esbarram tanto nas inquietações de Lélia Gonzalez quanto nas de Djamila Ribeiro. A escrita da primeira permite uma abertura no tempo, uma falta de consonância com as formas possíveis de intervenção nas datações balizadoras de sua própria época. Sua escrita se veste de uma roupagem de folhetim do século XIX para, com tintas de romance romântico, tomar atitude política contra as injustiças e as ferramentas que alicerçam a sociedade patriarcal brasileira.

Caminhar com essas mulheres por estas trincheiras é, de antemão, intuir que Lélia Gonzalez, Djamila Ribeiro e Marielle Franco são, elas próprias, transmutações de um signo, são incisões no imaginário, no campo das ideias e no plano físico – e estas instâncias do existir se retroalimentam mutuamente. Como mulheres-eco elas são potencialmente reverberações de Firmina, onde há sempre processos de transculturação e ressignificação em curso. O intuito é o de fomentar entre elas e Firmina uma espécie de confronto de ideias, vasculhar os espasmos de reflexão capazes de substanciar a compreensão deste tempo dinâmico em questão, sobre, e sob, o qual atuam, em um processo de interação, iteração e rasura.

Marielle Franco assume aqui, de seu lugar disparador, o gatilho a partir do trágico abismal. Sua voz e sua consciência potencializam as reflexões à medida que pairam sobre nossas inquietações como materialização do horror, do indizível, do transcendente. Tomo emprestadas algumas de suas falas e assumo nesta proposta a sua ausência cortante, a concretude mesma da falta – o confronto com o vazio, que ainda assim nos diz.

No primeiro capítulo, Lélia Gonzalez se encontra com Maria Firmina dos Reis a partir da aproximação do romance *Úrsula* com os textos "Por um feminismo afro-latino-Americano" (1988), "Mulher negra, esse quilombola" (1981), "Racismo e sexismo na cultura brasileira" (1983), "A categoria político-cultural de amefricanidade" (1988), "A democracia racial: uma militância" (2000)", "A juventude brasileira e a questão do desemprego" (1979) e o capítulo "O movimento negro na última década", escrito pela filósofa para o livro *Lugar de negro* (1982), organizado em parceria com o professor Carlos Alfredo Hasenbalg. Acredito que, das elipses do texto de Maria Firmina dos Reis, os ecos de Lélia Gonzalez ressoem. A voz da intelectual nos potencializa na perspectiva da existência de uma hierarquização de saberes como produtos da classificação racial da população, assim como problematiza a história dominante do feminismo, além de evidenciar processos de insurgências e a produção de narrativas invisibilizadas pelos regimes de autorização discursiva.

No segundo capítulo, apresento Djamila Ribeiro a "Úrsula", para que juntas(os) possamos refletir sobre "O que é lugar de fala?"[7]. Dentro da indagação que Djamila traz em seu livro, diversas questões estão implicadas, e lá como cá, nos abre um leque de possibilidades. Creio que possamos pensar sobre o romance no imbricamento desta provocação, já que a partir da diversidade de experiências podemos relativizar a padronização de uma visão universal. Na proposta de um debate estrutural, interessa pensar a localização social como uma forma de experenciar as opressões e gerir a vida. Acessamos aqui estas quatro mulheres, seus corpos, em texto, expostos. Sem pele. Com pele. Sem. Corpos escritos, portanto.

A leitura da produção intelectual das mulheres selecionadas, a qual tomamos partes, pode ser entendida como a produção de fissuras em um sistema canônico estratificado, fruto do colonialismo, e que, por consequência, evidencia esta produção como suplementar além de fundamental, à medida que diz respeito à nossa complexa formação social. Neste sentido, os textos que elas operam são como cisões em um organismo vivo. Este que se impõe, rechaça e negocia formas de inserções dos subalternizados, na proporção desigual de sua resistência a eles. Investigar por entre os caminhos deixados por essas pensadoras, nas formas como personificam sua escrita e seu percurso intelectual é, por conta disso, incorrer em entraves históricos, mas é sobretudo sabê-las, por conta destes mesmos processos, agentes da história.

Cito, para iniciar a travessia, Negra Susana, personagem de Maria Firmina dos Reis, que nos idos de 1859 dizia que:

> a alma está encerrada nas prisões do corpo! Ela chama-o para a realidade, chorando, e seu choro, só Deus compreende! Ela, não se pode dobrar, nem lhe pesam as cadeias da escravidão; porque é sempre livre, mas o corpo geme, e ela sofre, e chora; porque está ligada a ele na vida por laços estreitos e misteriosos[8].

Convoco estas vozes femininas a fim de, através delas, em suas particularidades, observar as capacidades das mulheres negras de interferirem no mundo valendo-se da palavra como forma de se inscreverem/escreverem no mundo. Assim, me arrisco a dizer que nesta "conversa" – que pretendo estabelecer entre elas – eu assumo o modesto papel de anfitriã, que cede a casa – o papel – para que a convidada especial, uma ilustre maranhense, Maria Firmina dos Reis, dialogue com outras mulheres, que, suponho, ela terá prazer em conhecer. Desta forma escuto, observo e aprendo, interrompendo-as quando já não me contiver com minhas questões, ou quando julgar fundamental introduzir alguma outra voz, igualmente interessante, para o horizonte das reflexões que me aventuro agora a intermediar

1.
MARIA FIRMINA DOS REIS E LÉLIA GONZALEZ: *GRIOTTES* EM DIÁLOGO

"Eu não serei interrompida."
Marielle Franco
(1979-...)

A escrita assentada em uma leitura feminina de mundo, feminina e negra, permite-nos aproximar as ações da escritora Maria Firmina dos Reis e da intelectual Lélia Gonzalez, visto que no cerne das investidas de ambas se encontra uma partilha de discussões e questões que se reconhecem, e que, desta maneira, disputam projetos alinhados a um mesmo universo de preocupações. Como pilar destas reflexões emerge um olhar refratado, que ao saber-se feminino, e assim excluído, e, sobretudo feminino-negro, portanto duplamente excluído, se levanta como crítica ao sistema que lhe é evidentemente opressor e que lhe quer subalternizado. De início, como portadoras dessa voz, única e coletiva ao mesmo tempo, essas *griottes* afro-brasileiras estão em diálogo.

Uma *griotte* é uma guardiã da tradição oral de seu povo, uma especialista em genealogia e em história. Está no âmbito da griotagem conservar a memória coletiva, informar, educar e também entreter. A reverência que a cultura africana mantém em relação aos seus "mais velhos" é fruto da valorização e da conservação do conhecimento, este que não está circunscrito a alguns, pelo contrário, é sempre compartilhado. "A benção aos meus mais velhos" é algo que pessoas negras costumam dizer, ou melhor, pedir, também aqui, nesta diáspora mediada, neste esforço de rememoração e repovoamento de imaginário, onde estão todas aquelas, e aqueles, que se dedicam a salvaguardar a palavra, a narração, os mitos, a memória.

Segundo o intelectual malinês Amadou Hampâté Bâ (2010), "a própria coesão da sociedade repousa no valor e no respeito pela palavra"[9]. A fala é considerada a materialização das forças; assim, o próprio ser humano é a palavra. Ela encerra um testemunho, e um testamento, daquilo que o ser humano é, e, por isso, ele está ligado à palavra que exprime. É ela uma averbação de compromisso com o que se profere. Diante da importância conferida à oralidade, o mesmo Hampâté Bâ dirá, em outro texto, que na África "cada ancião que morre é uma biblioteca que se queima"[10]. A oralidade, como uma importante dimensão de fonte histórica, exige técnicas diferenciadas para reconstituição do passado. Essa ancestral, essa *griotte*, é a guardiã da memória e como a constituição da própria anamnese é responsável por compartilhar com os demais o conhecimento acumulado:

> [...] a memória das pessoas da minha geração, sobretudo a dos povos de tradição oral, que não podiam apoiar-se na escrita, é de uma fidelidade e de uma precisão prodigiosas. Desde a infância, éramos treinados a observar, olhar e escutar com tanta atenção que todo acontecimento se inscrevia em nossa memória como cera virgem[11].

Tradicionalmente as *griottes* inscrevem pela oralidade aquilo que deve permanecer embutido na memória e no espírito do indivíduo, seja um familiar ou um conterrâneo. Ela é também uma artista, porém, mesmo enquanto artista, seu principal feito está em ligar profundamente a identidade pessoal ao sentido da existência individual e coletiva, de forma a manter as raízes sedimentadas no passado e em seus predecessores. No espaço quimérico da diáspora muitas reflexões sobre o sentido das identidades, em um aspecto mais amplo, sociocultural, sobretudo no contemporâneo, têm se fortalecido e se transformado em um permanente movimento de mediação, incorporação, negociação, transmutação, ressignificação, acepção, transferência, mas também de resistência e tradição. Contrariamente ao que se imputava em décadas anteriores, as identidades estão atreladas a vicissitudes e não a estagnações. O movimento da mudança, natural ao sentido da própria existência, e visto aqui como parte do processo de constante observação dos acontecimentos que institui a griotagem, é o que transforma nossas autoras em contadoras de seus dias.

Se considerarmos as tentativas de fixação de significados alicerçados na escravidão/opressão e racismo, outorgados a mulheres e homens pretos, e sustentados ininterruptamente em nossa sociedade, observaremos os constantes movimentos de resistência a tais artifícios, para os quais a linguagem é uma fundamental ferramenta do poder. Neste sentido, por decorrência do regime da dor e da supressão do discurso pela opressão, vamos nos deparar com as evidências de atuação de mulheres negras como agentes históricas e, muitas vezes, assumindo diversos lugares de protagonismo desde os crimes no Atlântico Negro. Como gesto empreendedor de si e do (novo) mundo, o ato de re-contar nossa fabulação histórica inaugural tanto acessa uma memória ancestral, que se quer invisibilizada, quanto gesta novos inícios, ao deslocar e problematizar os sentidos então construídos como verdadeiros, posto que, enquanto discurso para fins de manutenção do poder pela opressão e supressão, foram narrados com este fim.

A artista interdisciplinar, autora, teórica e psicóloga Grada Kilomba diz, quanto ao gesto de tomar a fala para si, que é um modo de "tornar-se um sujeito", pois se trata da "realidade do racismo diário contado por mulheres negras baseado em suas subjetividades e próprias percepções"[12]. Ao optarmos por destacar a obra de Maria Firmina dos Reis, e mais especificamente o romance *Úrsula*, de 1859, queremos evidenciar a verticalização de um juízo extremamente crítico presente em seu trabalho. Firmina elabora uma construção narrativa onde os escravizados refletem sobre si mesmos e sobre a vida a que estão subjugados. A consciência sobre suas condições de escravizados e a lucidez de suas ações e palavras evidencia um tipo de narrativa que diverge da hegemônica, e que cria ruídos na lógica social hierárquica sustentada pelo cientificismo e pelo determinismo racial.

O romance *Úrsula* (2018) está imerso nas condições e implicações da sociedade que o produziu, as cercanias práticas de 1859, mas, e por isso mesmo, estabelece ponderações desafiadoras e distópicas sobre o humano e o social, que o caracterizam em suas bases estruturais. A partir de um ponto de vista próprio Maria Firmina dos Reis se coloca como observadora atenta de seus dias; como aquela que tem por ponto de observação estratégico a fresta produzida pela porta dos fundos. Os ecos que é capaz de produzir a partir deste lugar inauguram um saber-fazer que é operado por correções de sentidos, deslocamentos, (des)construção, pilhagem, confrontamento, ressignificação e criação – é corpo estendido no tempo.

Observar o discurso de Maria Firmina dos Reis nos espaços produzidos por *Úrsula* (2018) é entendê-la como sujeito político, capaz de suscitar reflexão sobre as várias possibilidades de ser negra, e preto; de ser mulher, e ser mulher e negra; e, além disso, de ser mulher e negra e brasileira. É neste ponto, de forma mais imediata, que Lélia Gonzalez (1935-1994) parece-nos vestir-se do mesmo gesto *griotte* que está ativo em Maria Firmina dos Reis durante sua empreitada estética. Sendo a palavra, para muitos povos de tradição oral, a força do ser materializada, ela é a própria substância da criação. Através da palavra, Maria Firmina dos Reis e Lélia Gonzalez narram uma realidade outra, divergente da introduzida pelas elites coloniais no Brasil, e se inscrevem no mundo através dela. Assim, no sentido da griotagem, os textos e falas de Lélia indicam quem ela é, da mesma maneira que a escrita de Maria Firmina aponta uma declaração acerca dela mesma. Ambas são intérpretes de seu tempo e de sua gente. A palavra é a própria mulher, e certamente elas são muitas:

> É importante insistir que no quadro das profundas desigualdades raciais existentes no continente, se inscreve, e muito bem articulada, a desigualdade sexual. Trata-se de uma discriminação em dobro para com as

mulheres não-brancas da região: as amefricanas e as ameríndias. O duplo caráter de sua condição biológica – racial e sexual – faz com que elas sejam as mulheres mais oprimidas e exploradas de uma região de capitalismo patriarcal-racista-dependente. Justamente porque este sistema transforma as diferenças em desigualdades, a discriminação que elas sofrem assume um caráter triplo, dada sua posição de classe, ameríndias e amefricanas fazem parte, na sua grande maioria, do proletariado afrolatinoamericano[13].

A autora de *Úrsula* o descreve como um "romance original brasileiro". A simples descrição já o evidência como um empreendimento audacioso, por tratar-se de um romance então produzido em terras nacionais, além de revelar-se como uma obra que reflete as questões inerentes à sociedade brasileira, no calor dos acontecimentos do período. Além disso, Úrsula é um romance produzido pela exceção inaugural, subtexto para vastas interpretações. Assim, a "originalidade" que reivindica as páginas iniciais do livro se dá em muitas vias. Ao cruzarmos a definição inicial "romance original brasileiro" com o conteúdo do livro, que evidenciaremos mais à frente, uma hipótese está posta: existe uma proposta de nacionalidade que incorpora identidades díspares, pintada em novos tons e contornos.

Há, na investida da autora, um estranhamento do próprio sentido da identidade brasileira postulada pelas produções literárias a partir das décadas seguintes. Anos antes de uma formulação ficcional específica a respeito do que seria esta identidade nacional, Firmina se propõe a ousadia de incluir em sua narrativa personagens pretos e mulheres. Nela, ambos são sujeitos e objetos dignos de reflexão[14]. A formulação da identidade em nosso país, se adotarmos as formulações historiográficas consagradas pelos historiadores paulistas da década de 1930 (principalmente Sérgio Buarque de Holanda e Caio Prado Junior), decorre de um processo de construção histórica, cultural e política que remete a Independência, em 1822. Processo em que homens brancos estabeleceram centralidade histórica para fins de manutenção de controle e poder econômico. Tal período é marcado por extremo nacionalismo e pelas mais vastas investidas em uma ficcionalização de nação, uma metanarrativa hegemonicamente construída que exclui pretos e índios, assim como suprime a participação das mulheres, para celebrar a figura do colonizador como herói e do branco como síntese do brasileiro.

Indo na contramão de uma literatura que se concretiza como projeto de Estado – projeto político de construção do sentido de nação e identidade, de aculturação e domínio, e, desta maneira, relativo às questões sociais no campo dos direitos – Firmina incorpora à forma do romantismo um discurso corrosivo, e acaba por inocular no bojo da nação, não apenas o europeu e o indígena, mas o afro-brasileiro, além de evidenciar o jugo a que mulheres estão submetidas dentro do sistema patriarcal. No romance, os personagens pretos não estão apenas expostos como elementos meramente pictóricos de fundo de quadro, que servem para compor a diegese da cena branca com ares de tropical, e que porta, evidentemente, certo tipo de enquadramento, a fim de direcionar o olhar de quem o observa. O sujeito preto na escrita de Firmina não é exposto como objeto de uso, força de trabalho ou como "mercadoria humana"[15], mas como personagem da narrativa, no complexo de suas subjetividades. Da mesma forma, as mulheres aparecem como um pilar do sistema opressor que sustenta a sociedade servil.

A começar pela narrativa negra, a formação subjetiva moldada na experiência de uma vivência feita negra está apresentada na literatura de Firmina. Ao construir personagens como Preta Susana (a velha escravizada), Túlio (o preto forro) e Antero (escravizado), na humanização destes e em suas camadas de subjetificações, dá-se a inserção da matriz negra como enxerto nesta árvore genealógica imaginada, já nascida segmentária. A experiência da negação, do trauma e do trânsito são constantes que definem estes personagens. Elas marcam e moldam as construções das personagens como constituintes de suas individualidades. Firmina traz o escravizado para o centro da discussão, fazendo dele mesmo o portador de um discurso que lhe é próprio. Portanto, se existem sujeitos portadores de vozes singulares, marcados por aspectos culturais, dotados de uma consciência e um saber, identidades e subjetividades estão implicadas. Tanto o próprio sentido de nação é complexificado, sua ideia de unidade alterada, bem como a noção de importância temática e centralidade questionada.

Ao subverter as expectativas do romance, conteúdo e forma se (des)alinham pelo atrito, deixando vazar, pelos deslocamentos implícitos, a contestação proveniente de um olhar crítico ao sistema econômico-político que constitui a sociedade. Pelo conteúdo a autora transtorna a forma, provocando uma espécie de estranhamento na experienciação da leitura. Como elabora Ricardo Piglia (1994), os discursos deslocados ou condensados em palavras e expressões revelam uma segunda história. É por este viés que vemos sustentado o projeto estético-político de Maria Firmina dos Reis, que ao apontar a voz de pretos e denunciar as violências cometidas contra as mulheres aproxima pretos e brancos, humaniza pretos e brancos, expondo também a igreja como cúmplice da escravidão, do assassinato e do extermínio. Desta forma, a autora propõe imagens, transpõe sujeitos sociais, relativiza e disputa narrativas. A estruturação do racismo e do sexismo como performance de dominação se revela na perspectiva de Firmina, e o que se evidencia a partir disto é sua necessidade de fazer de sua escrita instrumento de denúncia e ferramenta de transformação.

Na primeira edição de *Úrsula*, Maria Firmina dos Reis assina como "Uma Maranhense", o que provoca certo ruído na mentalidade social, ao já se distanciar da centralidade atribuída ao sexo masculino e potencializar a dupla-inscrição de um Maranhão feminino na então "seleta" seara dos fazedores de cultura da nação, marcando tanto uma questão de gênero quanto regional. Por razões que o patriarcalismo explica, Firmina omite o nome, mas compartilha o gênero no qual se insere ao adotar o artigo indefinido "uma". No posicionamento em relação às condições político-sociais impostas às mulheres, assume o lugar de primeira romancista negra brasileira. No ápice do Romantismo, onde a escrita era um privilégio de homens brancos, uma mulher negra e independente economicamente se dispõe a publicar um romance; e não apenas um romance, uma escrita de perfumaria, mas um romance abolicionista.[16] Estrategista, ela utiliza como instrumento de sua pedagogia da consciência um formato atual, de fácil entendimento e adesão junto à sociedade, bem como de circulação facilitada entre as mulheres, público que certamente queria atingir:

> Não a desprezeis, antes amparai-a nos seus incertos e titubeantes passos para assim dar alento à autora de seus dias, que talvez com essa proteção cultive mais o seu engenho, e venha a produzir coisa melhor, ou, quando menos, sirva esse bom acolhimento **de incentivo para outras**, que com imaginação mais brilhante, com educação mais acurada, com instrução mais vasta e liberal, tenham mais timidez do que nós[17].

A visão de mundo pautada no individualismo, característica do Romantismo, em *Úrsula* (2018) ganha camadas adicionais: no rol das individualidades emergem, desde a assinatura, um ponto de vista feminino ("Uma Maranhense"), incluindo o conteúdo (existência de personagens como Úrsula, Luiza B., Adelaide), e também um ponto de vista afro-brasileiro (na construção de Túlio), além de um ponto de vista africano (através de Preta Susana e Antero), sem esquecer, com décadas de antecedência a esta discussão, de um recorte feminista que poderíamos considerar como sendo de gênero e raça, ao elaborar a especificidade de ser mulher e negra no Brasil. A interseccionalidade está traduzida na experiência da escravizada Preta Suzana, personagem que em si revela muito da força do romance de Maria Firmina dos Reis.

Os dramas pessoais característicos do gênero romance como prática artística, as tragédias de amor, as ideias utópicas, os desejos de escapismo, os amores platônicos ou impossíveis, ganham pelas mãos da escritora os contornos da tragédia imputada às mulheres no cerne da sociedade patriarcal em questão, bem como da tragédia constitutiva do escravismo como objetificação dos corpos de mulheres e homens pretos, presos à natureza do saque, do horror e da morte. A autora introduz uma subjetividade para um "eu" que é um eu "outro", tido como não igual. O "voltar-se para si", tão característico dos romances românticos, inclui em *Úrsula* também um "eu" que se constituiu dentro de identidades estigmatizadas, marcadas por certas experiências, visões e leituras de mundo. Desde aqui, as vozes periféricas são, para Maria Firmina dos Reis, centralidade.

O prólogo de *Úrsula* (2018) nos posiciona em relação aos aspectos do romance, mas vai além, advertindo quanto às idiossincrasias da escrita que lhe dá forma, ao apontar um objetivo real: motivar outras mulheres a escreverem. A maneira como Firmina inicia esta pedagogia da consciência evidencia um fazer ladino, que, ao colocar em atrito conteúdo e forma, possibilita que a estética não esteja esvaziada da vida, mas que seja determinada por ela, e também determine sobre ela, na medida de sua notação sobre a existência, borrando assim a normatização de um sistema organizador de corpos a partir de interesses hierarquizados.

> Não é a **vaidade** de adquirir nome que me cega, nem o **amor próprio de autor**. Sei que pouco vale este romance, porque **escrito por uma mulher, e mulher brasileira**, de educação acanhada e sem o trato e a conversação dos homens ilustrados, **que aconselham**, **que discutem e que corrigem**, com uma instrução misérrima, apenas conhecendo a língua de seus pais, e pouco lida, o seu cabedal intelectual é quase nulo[18].

O texto, ao sugerir a vaidade, o ego e a arrogância dos autores "ilustrados" insinua certa "humildade" por parte da autora; entretanto, pela força do explícito convite à escrita feminina, além do enredo que encontraremos adiante, esta insinuação pode ser lida como ironia. Se considerarmos a história pessoal de Firmina entenderemos que o cabedal cultural da autora não pode ser "quase nulo". Ela é uma mulher autodidata, que traduz do francês para o português, que sabe música; trata-se da primeira professora concursada do Maranhão, para citar apenas parte de sua experiência. A autodeclaração acaba por chamar atenção às considerações cerceadoras dos "homens do saber". Evidentemente, dentro do que é valorizado socialmente como cultura (a europeia/branca) e como conhecimento outorgado, Firmina não se enquadra; ela nem sequer é quem pode reter algum tipo de cultura, conhecimento ou talento para a escrita. Porém, como boa estrategista, se apresenta exatamente como a sociedade espera: expõe-se como uma ignorante e parece brincar com as palavras ao fazer isso. Maria Firmina dos Reis assume a personagem que lhe cabe para então poder dizer o que pretende, colocando a lógica dominadora a serviço do que deseja, e não o contrário.

> Mas era praticamente impossível para uma mulher expor sua opinião contra a escravidão – ainda mais uma mulher negra. Foi a estabilidade e o respeito alcançados como professora que abriram espaço para Firmina lançar seu primeiro livro, o romance *Úrsula*, no qual enfim exporia seu ponto de vista sobre o tema[19].

A escritora espera que desconsiderem sua "incapacidade", porque interessa a ela que sua "Úrsula, tímida e acanhada, sem dotes da natureza, nem enfeites e louçanias de arte"[20] motive outras mulheres, em melhores condições do que ela. Ressalta ainda, por algumas vezes, e a isto atribuindo valor, a condição biológica maternal da mulher, onde as "graças feminis", certa "beleza frágil" e "domesticada" (aqui atrelada a uma beleza branca presente nas descrições das mocinhas românticas), são substituídas por força, e uma força altruísta muito própria das mães. À fraqueza, socialmente atribuída à natureza do próprio corpo feminino, um corpo exposto ao controle masculino também por sua capacidade de gerar a vida, Firmina atribui força. De forma poética, transmite a ideia do romance como fruto de sua criação-gestação. A Úrsula que Firmina gera, de passos incertos e titubeantes, é ainda fruto das dores que ela encerra em si para depois a ofertar ao mundo, em formas estéticas, como fruto de suas próprias afetações, onde palavra e experiência se relacionam na transfiguração da realidade.

Mais adiante ela vai pontuar que a obra é fruto da imaginação, mas que ainda assim, não se vê capaz de conferir colorido à história. No entanto, como leitores, podemos nos perguntar: o que a imaginação de uma autora não seria capaz de colorir? O que poderia embotar a imaginação de uma escritora, esta que é supostamente livre e que é capaz de, pela sua capacidade e força inventiva, representar e criar imagens e novas realidades? Talvez seja isso exatamente: a concretude da realidade, o impeditivo da imaginação. O mundo ocidental, patriarcal e escravocrata "da autora de seus dias"[21], que no calor das questões do século XIX, se angustia de que seu país seja ainda um país escravocrata (e seria o último a deixar de sê-lo). Esta condição de castração, na forma do mundo visível, talvez seja o algoz das potencialidades do invisível, onde também esta dimensão não palpável do existir torna-se cativa da tragédia. A vida narrada em *Úrsula* tem esses contornos de embotamento, é cinza, sombria, sem possibilidades, nela as chances de felicidade e de futuro não cabem nem mesmo na literatura.

Para se fazer aceita, Firmina pede "licença", como uma boa iniciante, com o intuito de ser lida. Sua condição até agora apenas se revela em sua porção feminina, nordestina, mas não ainda em sua pertença negra. Ao contrário do que faz parecer inicialmente, ao se revelar mulher, e mulher brasileira, ela não está se colocando como inferior, mas entendendo a necessidade de afirmar sua identidade como uma valoração de si, buscando parecenças e compatibilidades com outras mulheres, as quais, como vimos, convoca à atitude política. O texto se assemelha a uma provocação, já que analisa e tece juízo crítico sobre o que lhe cerca. O recurso do qual se utiliza, ao se fazer pequena e inculta, dá a impressão de solicitar a complacência do público, mas aplica uma rasteira ao apontar o julgamento de quem a limita pela aparência, ancorado nos códigos de uma hierarquia colonial. Para isso reforça a soberba dos que se consideram alguma coisa, os tais homens "que aconselham, que discutem e que corrigem"[22].

Segundo Lélia Gonzalez (1988), o racismo se constitui "como a 'ciência' da superioridade eurocristã (branca e patriarcal), na medida em que se estruturava o *modelo ariano* [sic] de explicação"[23]. O racismo, sendo esta tecnologia da opressão onde toda a sociedade se alicerça, através da constante clivagem dos corpos e saberes, do regime de produção do medo, da negação, do separatismo e da exclusão, se remodela e reconfigura sobre suas bases ideológicas iniciais de sustentação. Em uma entrevista de 1985, a intelectual afirmou que as classes dominantes brasileiras (donos de terra e intelectuais a serviço dessas classes) não abrem mão do poder. Assim, não trabalham de fato a construção de uma identidade brasileira, que em termos reais de nacionalidade, implica a incorporação da cultura negra nas bases fundamentais de sua constituição (2000):

> Enquanto a questão negra não for assumida pela sociedade brasileira como um todo, negros, brancos e nós todos juntos refletirmos, avaliarmos, desenvolvermos uma práxis de conscientização da questão da discriminação racial neste país, vai ser muito difícil o Brasil chegar ao ponto de efetivamente ser uma democracia racial[24].

No trecho acima Lélia Gonzalez pondera sobre a importância de indivíduos brancos participarem da reflexão quanto às estratégias ideológicas para manutenção de uma hegemonia pautada em alicerces escravocratas e coloniais. Nesta mesma reflexão ela chama atenção para o fato de que a partir da Independência o indígena passe a ser tomado como figura a ser celebrada miticamente:

> [...] nesse projeto dessa nação homogênea, atribui-se uma ancestralidade indígena, porque eles já haviam liquidado com muitos índios, todos na costa brasileira. Já não havia ninguém para contar a história, tinham sido expulsos para as regiões mais inóspitas do país. E é um processo complexo a busca da legitimação de uma identidade a partir de uma ancestralidade indígena, justamente porque esse índio não está mais aí[25].

Ainda no mesmo texto, Lélia Gonzalez evidencia o fato de que a partir de uma maturação política (e aqui estamos falando de sua atuação no Conselho Nacional para a Defesa dos Direitos Femininos, e também de seu desempenho na militância de rua, nos movimentos negros, bem como em seu exercício de intelectual acadêmica), agindo nos limites do oficial e do marginal, há a percepção de que alguns efeitos foram produzidos. De acordo com ela, a sociedade brasileira mudou, houve um processo de transformação, evidente não apenas nos avanços vistos publicamente, mas também pelos grandes problemas de dívida, desemprego, entre outros. No entanto, considera necessário estar atenta aos processos que ocorrem dentro dessa sociedade, não apenas em relação ao preto, ou à mulher, mas quanto ao processo global, e assim atuar no interior dele, com intuito de desenvolver as estratégias de luta efetivas. Lélia se mostra preocupada com possíveis estagnações e retrocessos que tentam forçar um tipo de caráter estático à dinâmica social.

Quando Firmina, em *Úrsula*, no prólogo que citamos se "encaixa" no modelo da incapacidade, assumindo essa persona idealizada nos conformes senhoriais, acaba evidenciando a necessidade de se enquadrar em um estereótipo pré-determinado para si, imaginado socialmente nas formas do escravismo. No mesmo sentido, quando Lélia, em muitos de seus textos, propõe novas bases epistemológicas e confronta a hierarquização do saber, maneja ferramentas às vezes similares, às vezes distintas das de Firmina, mas com o intuito forjado em uma mesma inquietação. Ambas se encontram nas estratégias, nas sutilezas, no jogo, se utilizando de uma escrita contestadora e desafiadora. Como resposta e possibilidade de atuação frente ao movimento dialético social, que atinge níveis cognitivos e físicos, elas se valem da noção de estratégia sempre presente nas lutas populares.

A considerar pelo prólogo, Maria Firmina dos Reis procura entradas para uma conexão escritora-leitora/leitor. Ela se apropria de um imaginário colonial "pré" e desloca o sentido a partir dele, provocando outro. Parece zombar daqueles que a classificam e implicitamente questionar as narrativas que a encapsulam dentro de um atributo de inferioridade, em um quadro infra-humano. No pensamento de Lélia Gonzalez, quanto ao intelecto, os que possuem o privilégio social possuem também o privilégio epistêmico. O que se estabelece é uma hierarquização dos saberes como produto da classificação racial da população. Firmina dá forma estética ao pensamento que, em Lélia, pode ser evidente: a noção de que a posição de privilégio que os brancos ocupam é fruto não de uma superioridade racial (o que inclui o intelecto), ou mesmo de um suposto estágio elevado de sua humanidade, mas da exploração do humano pelo humano, da espoliação cultural, do apagamento de memórias, do extermínio – de gentes e culturas. Uma economia e uma sociedade fundada na dependência do outro.

Como pensamento estruturante, é necessário apontar para as evidências de que o sistema de opressão que circunscreve Firmina a um pretenso quadro de incapacidade é o mesmo ao qual fervorosamente se opõe à ativista Lélia Gonzalez. O sistema de clivagem social que baliza a sociedade se mantém e se reelabora em novos ciclos, que são sempre os mesmos em novas roupagens, às vezes muito pouco criativos. Eles dão a Firmina os subsídios para escrever, como que por antecipação, um romance que, em seu encerramento, evidencia a morte/o extermínio dos sujeitos subalternizados e/ou contrários ao sistema despótico, a vulnerabilidade feminina, além da ausência de expectativas. A engenharia altamente perversa e sofisticada, tão arquitetadamente engendrada em nosso tecido social, combina diversas violências que agem intercambiadas em doses cavalares de coação e tirania, nas formas do racismo, classismo, sexismo, misoginia e do preconceito – o horror absoluto.

Como resposta, o fazer de intelectuais negras está em uma constante busca por novas geografias da razão, fomenta a criação de outras cosmogonias, promove o interesse e a necessidade por acessar novos/velhos saberes, além de incluir subjetividades ao campo do estético. Na busca irreversível, atrelada ao combate à homogeneização e à padronização do conhecimento, mulheres negras não apenas não se reconhecem como também se veem descredibilizadas ao terem suas vozes desautorizadas. Portanto, o gesto de definir-se é um *status* determinante de fortalecimento da questão, ao sinalizar e demarcar possibilidades de transcendência da norma colonizadora. Neste sentido, o corpo de Firmina, um corpo *negra*, como palavra e na palavra, toca em outros corpos e comunga/compactua com eles novas geografias do saber. Firmina, como que no centro de um rizoma, autoriza outras vozes, retira a máscara de Flandres que ao impedir e desautorizar a voz feminina negra, aposta no gesto capaz de produzir eco, e sonhar mulheres-ecos.

Se a griotagem prevê e incorpora a mudança, na observação da sociedade que gesta a *griotte*, na constante *performance* entre memória e presente, é oportuno pensar nos ecos da palavra como rasuras no sistema, como uma espécie de pichação no sólido muro da arbitrariedade. A grafia, sendo ainda a transcrição da palavra dita, torna-se uma atualização, que prevê o outro, nos termos do outro, que reconhece e negocia (com) a alteridade.

A etimologia da palavra eco (em grego *ekhó*, em latim *echo*) oferece os seguintes sentidos que nos parecem interessantes no contexto desta reflexão: repetição de um som devido à reflexão das ondas sonoras; som recorrente ou lugar onde se produz o eco; rumor; grande estrondo, ruído, grito. Desta forma, pensemos bem simplificadamente, por que o eco ocorre? Quando uma onda sonora se propaga e incide sobre uma barreira, ela retorna para o meio no qual estava propagando-se. Deste acontecimento originam-se dois outros, que serão chamados de eco ou reverberação. O eco é o som refletido capaz de ser percebido com intervalo de tempo suficiente para ser distinguido do som original.

Já a reverberação, em psicoacústica e acústica, é um efeito gerado por ondas sonoras quando estas são refletidas de forma reiterativa. O que os diferencia, a reverberação do eco, é o intervalo de tempo que faz com que o som não se distinga totalmente do som original. A medicina, por exemplo, recorre aos aparelhos que são capazes de fazer a medição dos ecos a fim de atestar a saúde do corpo. A sociedade parece que não, já que mesmo na incidência dos ecos que atestam a falta de saúde do corpo, o movimento é o de silenciar os sons com o intuito de aparentar a saúde do corpo. É preciso que os "sábios que julgam e dão conselhos" compreendam que as palavras reiteradas são também resistências e incidências sobre os obstáculos. Elas causam barulho, e como vimos, multiplicam-se.

I – **Cumé** que a gente fica?

... Foi então que uns brancos muito legais convidaram a gente prá uma festa deles, dizendo que era prá gente também. Negócio de livro sobre a gente, a gente foi muito bem recebido e tratado com toda consideração. Chamaram até prá sentar na mesa onde eles tavam sentados, fazendo discurso bonito, **dizendo que a gente era oprimido, discriminado, explorado.** Eram todos gente fina, educada, viajada por esse mundo de Deus. Sabiam das coisas. E a gente foi sentar lá na mesa. Só que tava cheia de gente que não deu prá gente sentar junto com eles. Mas a gente se arrumou muito bem, procurando umas cadeiras e sentando **bem atrás** deles. Eles tavam tão ocupados, ensinado um monte de coisa pro **crioléu** da platéia, que nem repararam que se apertasse um pouco até que dava prá abrir um espaçozinho e todo mundo sentar juto na mesa. Mas a festa foi eles que fizeram, e a gente não podia bagunçar com essa de chega prá cá, chega prá lá. A gente tinha que ser educado. E era discurso e mais discurso, tudo com muito aplauso. Foi aí que a neguinha que tava sentada com a gente, deu uma de atrevida. Tinham chamado ela prá responder uma pergunta. Ela se levantou, foi lá na mesa prá falar no microfone e começou a reclamar por causa de certas coisas que tavam acontecendo na festa. Tava armada a **quizumba.** A negrada parecia que tava esperando por isso prá bagunçar tudo. E era um tal de falar alto, gritar, vaiar, que nem dava prá ouvir discurso nenhum. Tá na cara que os brancos ficaram brancos de raiva e com razão. Tinham chamado a gente prá festa de um **livro que falava da gente** e a gente se comportava daquele jeito, **catimbando a discurseira** deles. Onde já se viu? **Se eles sabiam da gente mais do que a gente mesmo?** Se tavam ali, na maior boa vontade, **ensinando uma porção de coisa prá gente da gente?** Teve uma hora que não deu prá agüentar aquela zoada toda da negrada ignorante e mal educada. Era demais. Foi aí que um branco enfezado partiu prá cima de um crioulo que tinha pegado no microfone prá falar contra os brancos. E a festa acabou em briga... Agora, aqui prá nós, quem teve a culpa? Aquela neguinha **atrevida**, ora. Se não tivesse dado com a língua nos dentes... Agora ta queimada entre os brancos. Malham ela até hoje. Também quem mandou não saber se comportar? Não é à toa que eles vivem dizendo que **"preto quando não caga na entrada, caga na saída"** ...[26].

Lélia Gonzalez, no trecho destacado, retirado da epígrafe do texto "Racismo e sexismo na cultura brasileira" (1984), inicia sua escrita evidenciando o fato de que tomar a voz, falar em primeira pessoa define um *locus* social, e determinará nossa interpretação sobre o duplo fenômeno do racismo e do sexismo. Falar, "com todas as implicações", é contrapor o sistema, golpear e preparar a esquiva, sabendo que o adversário permanecerá de pé, para golpear mais e mais forte, todas as vezes que a ousadia (o atrevimento) for maior que o medo e a cooptação, consciente ou inconsciente. Parece-nos que o trecho tem o mesmo sentido do prólogo em Maria Firmina dos Reis, o de denúncia e o de contestação quanto ao porte do discurso, a partir da experiência. Esta assinatura, a tomada de lugar, em Firmina e Gonzalez, feitas publicamente, tem o sentido do golpe, propõe e é a ruptura da máscara de silenciamento a que mulheres negras estão socialmente atreladas. No entanto, ainda que o silenciamento lhes seja impositivo, há sempre uma voz que vaza através desta máscara. Conceição Evaristo, escritora, pesquisadora, professora e militante do movimento negro, além de atuante em movimentos sociais, em entrevista à Carta Capital (13 de maio 2017) afirma que "nossa fala estilhaça a máscara do silêncio"[27]. Este tipo de silêncio imposto se configura na forma própria da objetificação, já que ao negar a subjetificação, nega-se a humanidade para construir o ser como outra coisa, que não é o próprio ser.

A oralidade, como instância impedida, no impeditivo da palavra, atua tanto no corpo visível, quanto no invisível (psicológico), bem como na cultura – na subjetividade, na sociabilidade, na construção do indivíduo e do corpo social. Portanto, não é com ingenuidade que estas mulheres tomam de volta a palavra para si e a partir dela edificam o tempo na transgressão deste. Afinal, aquilo que não tem voz pode ser narrado por outro. O silenciamento, como vimos no trecho acima de Lélia Gonzalez, também se orquestra na apropriação da fala alheia. Quando se fala por, deslegitima-se a fala e imputa-se a incapacidade àquele que é construído como este outro. Porque "é evidente que o negro é uma invenção"[28]. Quando se fala por, a estereotipagem e o racismo se fundam dentro do quadro permanente da imutabilidade. Neste sentido, é necessário ainda muito trabalho simbólico e cognitivo para desfazer o estrago imputado. Não há subversão quando a fala (e, no caso do trecho de Lélia, a atitude) assegura o sentido, garantindo ao significado sua sólida estabilidade. O que há é manutenção e controle.

No que diz respeito às vias para a transgressão, dentre as estratégias da professora Lélia Gonzalez está a inserção de termos oriundos de matrizes africanas (bem como a incorporação de práticas culturais e seus termos, como as do Candomblé, por exemplo). Esta característica é uma constante nas práxis de Lélia Gonzalez, configurando-se como uma maneira de rejeitar o esquecimento imposto como parte do processo de produção da sistemática invisibilidade de africanos e afrodescendentes no Brasil. Ela incorpora termos do bantu e quimbundo ao seu vocabulário e escrita, e à prática de usar tais termos em nossa língua (escrita e falada, cotidianamente) chama de "pretoguês". A intelectual rasura a norma culta para incluir os termos de um vocabulário impedido, mas que, no entanto, é parte da fala e do *modos operandi* do brasileiro. Desta maneira, Lélia Gonzalez e Maria Firmina dos Reis são duas contadoras que operam campos de significação, evocando outras cosmogonias de compreensão. Ambas buscam uma descolonização das mentes, do pensamento e do conhecimento, uma conscientização de si, uma antevisão do ser, uma espécie de didática.

> (...) aquilo que chamo de "pretoguês" e que nada mais é do que marca de africanização no português falado no Brasil (...). O caráter tonal e rítmico das línguas africanas trazidas para o Novo Mundo, além da ausência de certas consoantes, como o l ou o r, por exemplo, apontam para um aspecto pouco explorado da influência negra na formação histórico-cultural do continente como um todo[29].

Segundo Lélia Gonzalez, a importância da linguagem que ela fala e ensina se dá não apenas no intuito de preservar, mas principalmente a fim de resgatar as genealogias, origens e tradições de seu povo. Afinal, o papel da *griotte* é ligar profundamente a identidade ao sentido da existência individual e coletiva. O ato da rememoração vai além de uma relação meramente poética com a ancestralidade. Torna-se atitude política o gesto de pertencimento, de analogia e de mediação cultural. No apagamento, na espoliação maldosa e no processo de hierarquização dos saberes/privilégios epistêmicos, as vozes sub-traídas tornam-se desqualificadas (infra-humanas). Sujeitos pretos têm sido constantemente falados e infantilizados desde a desterritorialização forçada pelo Atlântico. A criança, quando não fala em terceira pessoa, é falada pelos outros. Assim, há uma importância imensa em "assumirmos nossa própria fala"[30]. Desde sempre é parte da tática dos colonizadores narrar os demais, falar por, deslegitimar a fala alheia.

> É engraçado como eles gozam a gente quando a gente diz que é Framengo. Chamam a gente de ignorante dizendo que a gente fala errado. E de repente ignoram que a presença desse r no lugar do l, nada mais é que a marca linguística de um idioma africano, no qual o l inexiste. Afinal, quem é o ignorante? Ao mesmo tempo, acham o maior barato a fala dita brasileira, que corta os erres dos infinitivos verbais, que condensa você em cê, o está em tá e por aí afora. Não sacam que estão falando pretoguês[31].

Quando, no trecho acima, onde propõe o termo "pretoguês", Lélia Gonzalez rasura a norma culta da linguagem, atua no campo filosófico que lhe constitui profissionalmente, já que a criação de conceitos é das vocações mais definitivas da filosofia. Parece-lhe pertinente que, para lidar com a lín-gua portuguesa falada em território brasileiro, e toda a sua complexidade ca-racterística, ela seja pensada como fruto do encontro de diferentes culturas: as que aqui já se encontravam com as que migraram para o território. Ela ressalta a força que tem a herança das línguas africanas no português falado no Brasil, sempre operando entre o campo textual e o popular, da oralidade, e pensando ambos de forma integrada. Para isto, adota muitas vezes, como forma de reflexão pelo confronto, a irreverência mordaz que lhe é caracterís-tica: "gosto de fazer um trocadilho, afirmando que o português, o lusitano, 'não fala e nem diz bunda' (do verbo desbundar)"[32]. Ao incluir expressões populares à escrita mais formal, Lélia a torna inapropriada, uma escrita inadequada para então expor temas considerados inapropriados. Transforma a própria escrita em inadequação, assim como são tidas as pessoas e conteúdos sobre os quais fala.

É possível verificar que existe, para além (e no cerne) de toda a questão que envolve a discussão acadêmica, uma provocação: em Lélia Gonzalez há a inversão direta de sentidos na pergunta "afinal, quem é o ignorante?". Vamos verificar uma proposta de inversão também em Firmina, quando ela compara os colonizadores a animais, por exemplo. O que imediatamente nos remete à constante animalização dos indivíduos pretos desde a escravização. Este jogo de palavras dá relevo ao valor conferido à linguagem em ambas as autoras. A linguagem nesta análise se dá em duas vias, já que estamos falando dos domínios da fala, mas também do discurso no sentido foucaultiano. Referimo-nos ao sistema que estrutura um imaginário social, esteado no poder e no controle de uns sobre os outros: "estamos apontando para a importância de quebra de um sistema vigente que invisibiliza essas narrativas"[33].

Assim, a relevância de dominar a linguagem se manifesta na produção tanto de Lélia Gonzalez quanto de Maria Firmina dos Reis: a necessidade de entender e se manifestar na fala do opressor para comunicar, ainda que para contravir. A "escrevivência" de Firmina se substancia na medida em que, pela ficção, a mesma se amalgama com as negras e pretos escravizados, contando sua história a partir de um ponto de vista singular – o do então escravizado, o da pessoa negra. No uso do vocabulário, da forma e do meio do opressor, ela subverte a norma. São maneiras distintas de intervir, porém complementares no relacionamento com a linguagem. Exequíveis a cada uma dentro do quadro de impossibilidades que lhes é imposto, a partir das condições sociais sob as quais vivem, são obrigadas a lidar e a resistir.

E um **tropel** como de **lobos**, que devorados pela fome **uivam** medonhamente, aproximou-se do coche; e o grito do postilhão denunciou-

-lhes que estavam cercados por essas **feras humanas mil vezes mais temíveis que os chacais e as hienas**[34].

Como vimos, Firmina se utiliza da forma para, a partir dos interditos da linguagem, provocar a reflexão que lhe anima. Ela racha a estrutura do romance por dentro através de uma escrita eclipsada, onde se verifica uma dinâmica entre conteúdo e forma para que a produção de pensamento se dê a partir desse lugar, que é também o da negação, do incômodo, do impedimento; é o lugar da dor mas também o da subversão, da agência criadora e da potência empreendedora. Para Conceição Evaristo, a escrivência das autoras negras se justifica tão perfeitamente na mesma medida em que autores brancos igualmente falam de si. Em 1995 ela cunhou o termo "escrevivência", dizendo tratar-se de um jogo acadêmico com o vocabulário que incorpora as ideias de escrever, viver e ver a si mesma. A escrevivência diz respeito à autobiografia, é uma "escrita de si". Ela enfatiza que a subjetividade de qualquer escritor ou escritora contamina a escrita. Sua própria escrita, diz a escritora, está impregnada pela sua condição de mulher negra na sociedade brasileira.

O nosso romance, gerou-o a imaginação, e não soube colorir, nem aformosentar. Pobre avezinha silvestre, anda terra a terra, e nem olha para as planuras onde gira a águia[35].

A pobre avezinha rude que não pode nem mesmo olhar para as alturas dá sinais sobre o lugar a partir do qual fala a autora da obra, que segundo ela mesma pode ser considerada sem atributos. No entanto, podemos averiguar que quanto mais diversas forem as origens dos escritores, mais ricas leituras teremos da realidade. É também com este propósito que o projeto intelectual de Lélia Gonzalez se mobiliza no sentido de desestabilizar as implicações da norma culta. A linguagem excludente canonizada amplia o leque das restrições em nome da reificação de um padrão erudito e de um *apartheid* sociocultural. Ambas as autoras, nesta perspectiva, tencionam o padrão pelo choque, no conteúdo e/ou na forma. Já que interlocutores oriundos de classes sociais distintas estão, no modelo canônico, excluídos tanto do lugar de produção de conhecimento e de enunciação, e também estão apartadas e menosprezadas determinadas culturas e regiões do país, consideradas, aos olhos das elites financeiras e políticas, sem importância econômica, intelectual e/ou cultural. Quanto à origem e o propósito, Lélia Gonzalez acrescenta:

> Voltei às origens, busquei as minhas raízes e passei a perceber, por exemplo, o papel importantíssimo que minha mãe teve na minha formação. Embora índia e analfabeta, ela tinha uma sacação incrível a respeito da realidade em que nós vivíamos e, sobretudo, em termos de realidade política. E me parece muito importante eu chamar a atenção a essa figura de minha mãe, porque era uma figura do povo, uma mulher lutadora, uma mulher inteligente, com uma capacidade muito grande de percepção das coisas e que passou isso para mim... que a gente não pode estar distanciado desse povo que está aí, senão a gente cai numa espécie de abstracionismo muito grande, ficamos fazendo altas teorias, ficamos falando de abstrações... Enquanto o povo está numa outra, está vendo a realidade de uma outra forma[36].

> Fiz um tipo de escolha, que foi a militância na rua, participando de organizações negras, de seminários, na medida em que nós, os intelectuais negros orgânicos, somos tão poucos; realmente existe um grande leque [...]. E, ao mesmo tempo existe uma militância que a meu ver é de grande importância nos meios não negros. A produção intelectual de um trabalho que desenvolvo numa universidade é uma militância que se revela extremamente gratificante inclusive sob certos aspectos, embora muito doída porque é muito fácil você se fechar num canto e ficar discutindo internamente – a grande questão é sair prá rua, e se defrontar com o outro[37].

Enquanto Lélia Gonzalez instituiu o termo "pretoguês" em uma espécie de valorização da linguagem desenvolvida e falada pelos povos africanos escravizados, menosprezados e tratados com condescendência por falarem "errado", Maria Firmina dos Reis causa no leitor outro tipo de estranhamento através da fala dos escravizados. Tais personagens no romance estabelecem uma interação com outros, ou seja, eles conseguem se comunicar bem, em "bom" português. Suzana, Túlio e Antero não possuem um linguajar que incorre em estereotipias, vícios ou erros de pronúncia. A escolha que a autora faz potencializa e encerra em si uma crítica incisiva às constantes representações dos sujeitos não brancos, pautadas por análises discriminatórias e eurocêntricas de mundo:

> — Meu senhor, permiti que vos leve à fazenda que ali vedes — e apontava para a outra extremidade do campo —, ali habita com sua filha única a pobre senhora Luísa B..., de quem talvez não ignoreis a triste vida. Essa infeliz paralítica todo o bem que vos poderá prestar limitar-se-á a uma franca e generosa hospitalidade; mas ali está sua filha, que é um anjo de beleza e de candura, e os desvelos, que infelizmente vos não posso prestar, dar-vo-los-á ela com singular bondade[38] (fala de Túlio para Tancredo).

> — O céu vos pague tão generoso empenho; mas os que estão inocentes não fogem[39] (fala de Susana para o Sacerdote).

> — Meu filho, não achas que a noite assim vai tão lenta e fastidiosa?[40] (fala de Antero para Túlio).

Para dar um exemplo recente sobre este tema, podemos verificar que a linguagem é também uma questão no longa-metragem *BlacKkKlansman*, de Spike Lee, lançado em 2018. No filme, Ron Stallworth (interpretado pelo ator John David Washington), um policial negro do Colorado que vivencia situações racistas em seu ambiente de trabalho, consegue se infiltrar na Ku Klux Klan local. Ele se comunica com os outros membros do grupo por meio de telefonemas e cartas. Quando precisa estar presente (fisicamente) envia outro policial, branco, no seu lugar, o judeu Flip Zimmerman (interpretado pelo ator Adam Driver). Depois de meses de investigação, Ron se torna líder na seita, sendo responsável por sabotar uma série de linchamentos e outros crimes de ódio orquestrados pelos criminosos racistas. Os integrantes da Ku Klux Klan não cogitam serem enganados por uma pessoa negra (e chegam a zombar da possibilidade), exatamente porque acreditam que uma pessoa negra fala diferente de uma pessoa branca, sendo incapaz de pronunciar "corretamente" a língua. O longa produzido por Jordan Peele, vencedor do prêmio de Júri do Festival de Cannes, com roteiro de Spike Lee, David Rabinowitz, Charlie Wachel e Kevin Willmott, e baseado no livro autobiográfico "Black Klansman", de Ron Stallworth, ataca esta e outras ideias racistas, sendo exatamente este o ponto de maior força do filme, a política.

Para Lélia Gonzalez, quando o "lixo" fala – e aqui o termo é da própria Lélia, no já citado artigo "Racismo e sexismo na cultura brasileira" (1984) –, é na perspectiva de evidenciar, como sujeitos de si, as mesmas questões fundamentais para o rompimento da opressão, incluindo na roda de discussões temas e objetos a partir das singularidades de suas percepções, o que certamente inclui a experiência de violências, sejam estas físicas, sociais ou simbólicas. A partir desta fala, o significado antes estático desliza, o que estava naturalizado é questionado e, portanto, a normatização do racismo se evidencia. Para a ensaísta, "parece que a gente não chegou a esse estado de coisas. O que parece é que a gente nunca saiu dele"[41].

Se o mundo se relaciona com o homem preto de forma perversa, à mulher negra são reservados graus infinitamente maiores de violência, coerção e perseguição. Nas palavras da professora, filósofa estadunidense, escritora, ativista e integrante do movimento dos Panteras Negras, Angela Davis, "ser mulher já é uma desvantagem nesta sociedade machista, agora imaginem ser mulher e ser negra"[42]. Patrícia Hill Collins (2016) elabora o termo "outsider within" para ponderar sobre a condição de "forasteira" na qual atuam mulheres como Maria Firmina dos Reis e Lélia Gonzalez, além de muitas outras. Se observarmos o movimento de tantas destas outras mulheres negras que agem na sociedade na condição da "outsider within", perceberemos similaridades na maneira como o mundo se relaciona com elas. E será esta mesma condição que vai moldar-lhes o olhar, e muitas vezes orientar suas produções, fazendo com que compartilhem processos de resistência na produção de discursos contra hegemônicos. Essa condição certamente faz com que mulheres negras tenham constantemente que lidar, além de outras opressões, com a desautorização de suas falas, a ridicularização de suas existências e a tentativa de infantilização de suas ações.

A natureza da zona de contato produz algumas experiências que são vivenciadas por indivíduos subalternizados que habitam a fronteira entre polos socialmente distanciados e encapsulados no binarismo. A estruturação social no pós-abolição ainda prevê a raça e o gênero como elementos de corte para a manutenção da clivagem econômica, assegurando o *status quo* da sociedade. O termo "outsider within" diz respeito originalmente à verificação de que por muito tempo mulheres negras têm ocupado posições marginais em ambientes acadêmicos. Desta forma, muitas intelectuais negras se dispõem a fazer uso criativo de sua marginalidade, deste *status* de "outsider within", para produzir um pensamento feminista negro capaz de refletir um ponto de vista não hegemônico, uma busca por escapar aos moldes coloniais e ortodoxos.

Com esse enfoque, para a construção desse pensamento, algumas questões são fundamentais: além da autodefinição, a avaliação por parte de mulheres negras, a natureza interligada da opressão e a importância das culturas afros. No caso do pensamento desenvolvido por Collins (2016), a referência são as mulheres afro-americanas, mas o termo facilmente se estende para as mulheres negras de todo mundo ocidental, em graus e instâncias diferenciadas da opressão, em suas relações com a cultura – posto que sofrem duplas, triplas, quádruplas opressões. Estas iniciativas promovem uma reflexão em relação ao lugar de marginalidade que mulheres negras ocupam em espaços de intelectualidade, que não apenas o acadêmico. A partir da posição de "outsider within", estas mulheres criam perspectivas distintas para lidar com paradigmas sociológicos existentes. Patrícia Hill Collins sugere que outros sociólogos se apropriem criativamente de suas biografias pessoais e culturais, crendo na potencialidade do ato e no valor deste acervo como conhecimento.

É a experiência de quem constantemente se coloca no limite entre estes dois mundos, se mantendo em movimento entre eles, essa experiência feita marginal, que tem moldado a sensibilidade destas mulheres a ter um ponto de vista diferenciado do convencional quanto ao seu próprio eu (*self*), à família e à sociedade a sua volta. Esta capacidade produzirá análises próprias quanto às questões de raça, classe e gênero. A capacidade analítica de que falamos é revolvida pela sua condição de corpo em trânsito no mundo. Esta condição que está inscrita no corpo de mulher negra, atravessado por significações impostas, mas moldado por suas próprias vivências, constituído pelos constantes deslocamentos e faltas. Desde a travessia forçada pelo Atlântico, passando pelas desapropriações e chegando aos constantes deslocamentos das massas negras à procura de melhores condições de vida; desde o apagamento sistemático de suas raízes, culturas e referências, passando pelas apropriações culturais, a saudade, o não pertencimento e a exclusão/omissão – este corpo em trânsito é marcado pela ausência.

A conjuntura de quem se coloca nas bordas, de quem se desloca reiteradamente entre os dois mundos, em estado de limiar, resulta em uma forma de ver absolutamente distinta, necessariamente não domesticada, de quem observa pelas frestas, com um pé cá e outro lá, para quem viver não é diferente de militar. Para estas mulheres está implicada a imposição de ir e voltar muitas vezes, em olhar na condição de quem está fora e dentro, não estando nem lá nem cá. Este, portanto, é um olhar de quem está sempre sob suspeita, de quem não é bem-vindo, já que aquele que "não é um de nós" (o forasteiro) é adjetivado/construído como perigoso. Nas circunstâncias de "outsider within", a partir de suas vivências forasteiras, é que mulheres como Maria Firmina dos Reis e Lélia Gonzalez constroem suas narrativas transgressoras, como vozes irmanadas – onde o individual (a subjetividade) é forjado no coletivo (a História/a sociedade).

A percepção de corpo em transe, no trânsito, elabora formas de cultivar a memória, acessar reminiscências e partilhar o conhecimento, para si e para outras, forjando esta pedagogia da consciência, que orienta a partir do resgate e da inserção destas novas sensibilidades que atuam em desobediência epistêmica. Neste contexto, a presença de uma romancista negra no Brasil do século XIX ao XXI, nos ajuda a compreender a sociedade em que estamos inseridos. As características de pioneirismo evidenciadas na escrita de Maria Firmina dos Reis nos possibilitam ler outras mulheres negras em suas ações e entender que invisibilidade e protagonismo não se anulam mutuamente. Na invisibilidade forjada não se estabelece um impeditivo para o protagonismo da mulher negra, afinal "herói de preto é preto tipo Cosme e Firmina"[43].

O romance *Úrsula* (2018), como projeto da sensibilidade única de Firmina, se urde em um jogo de construção/desconstrução da própria estrutura. No contexto da história de amor que se desenrola no Brasil oitocentista entre os mocinhos Luíza B. e Tancredo há forte crítica social ao sistema vigente. Os espaços de reflexão criados pela autora são operados pelos personagens, que carregam uma carga dramática, simbólica, moral e pragmática, constituindo-se como os elementos capazes de fazer rachar e vazar uma forma elipsada de escrita, à medida que se esconde uma proposta política dentro da estrutura do romance. É pela linguagem que Firmina estressa o sistema, revelando, por consequência, as doenças que o constituem. Retomando o prólogo, ela diz ao leitor que, mesmo que sua literatura seja considerada um tanto insignificante, que seu livro seja mesquinho e humilde, que passe "entre o indiferentismo glacial de uns e o riso mofador dos outros"[44], o desejo é o de prosseguir em seu intento.

Não fosse escrita seria capoeira o que Firmina faz através das linhas e entrelinhas de *Úrsula* (2018). A perspectiva do jogo é a estratégia, a ginga do capoeirista, a malandragem característica dessa atividade que implica no ajuste entre movimentos ágeis e complexos, entre beleza e rapidez, entre sutileza e jogo. A inteligência dos movimentos que nascem tanto da necessidade quanto da concretude de um corpo próprio, as implicações sobre ele, traduzidas na dinâmica dessa corporeidade e do gesto imanente, entendem e se reconhecem tanto no golpe como na esquiva. A esquiva é este movimento defensivo do lutador, em que ele, agachado e com os pés e mãos apoiados no chão para garantir o equilíbrio, se desloca para evitar o golpe. Antes mesmo que o adversário em questão perceba a complexidade da esquiva, é possível outras investidas contra o corpo adversário. Esta corporeidade física, datada nos limites de 1859, é a que esquiva, que golpeia e que passa rasteira □ é um corpo que se estende, se propaga e se dilata.

No primeiro capítulo do romance, intitulado "Duas almas generosas", observamos diversas características do marco romântico, tais como: reverência a uma natureza exuberante, bela e harmônica; detalhamento dos "vastos e belos campos"[45]; referências às nossas águas, planícies e firmamento; às noites belas, estreladas e ao encanto de nosso crepúsculo; há ainda a menção "a onipotente mão do rei da criação"[46], uma das muitas referências de tom religioso que se encontram no romance; a descrição da natureza em sua relação com o homem, como sendo ela morada de um Deus poderoso, onisciente e onipresente; a melancolia das personagens; a abstração. Mas é no jogo dialético em que aposta já neste início que se imprime o primeiro golpe da autora. Na forma de uma escrita incômoda, ela aproxima os personagens Túlio e Tancredo, que embora de etnicidades distintas, estão harmonicamente aportados na atmosfera propícia que ela constrói. Além disto, na descrição de Túlio, o escravizado, estão características apenas atribuídas a cavalheiros brancos: Firmina faz menção a sua nobreza, moral e à elevação de seu espírito.

> O homem que assim falava era um pobre rapaz, que ao muito parecia contar vinte e cinco anos, e que na franca expressão de sua fisionomia deixara adivinhar toda a nobreza de um coração bem formado[47].

> E ao coração tocou-lhe piedoso interesse, vendo esse homem lançado por terra, tinto em seu próprio sangue, e ainda oprimido pelo animal já morto. E ao aproximar-se contemplou em silencio o rosto desfigurado do mancebo; curvou-se, e pôs-lhe a mão sobre o peito, e sentiu lá no fundo frouxas e espaçadas pulsações, e assomou-lhe ao rosto riso fagueiro de completo enlevo, da mais íntima satisfação. O mancebo respirava ainda.

– Que ventura! – Então disse ele, erguendo as mãos ao céu – que ventura, podê-lo salvar![48].

Reunindo todas as suas forças, o jovem escravo arrancou de sobre o pé ulcerado do desconhecido o cavalo morto, e deixando-o por um momento, correu à fonte para onde uma hora antes se dirigia, encheu o cântaro, e com extrema velocidade voltou para junto do enfermo, que com desvelado interesse procurou reanimar[49].

Entretanto o negro redobrava de cuidados, de novo aflito pela mudez do seu doente. E o dia crescia mais, e o sol, requeimando a erva do campo, abrasava as faces pálidas do jovem cavaleiro, que soltando um outro gemido mais prolongado e mais doído, de novo abriu os olhos[50].

Tancredo, o mocinho da história, sofre um acidente com seu cavalo na mata, onde é socorrido pelo escravizado Túlio. O rapaz é levado por Túlio para a casa de Luíza B., a "senhora" de Túlio e mãe de Úrsula, para que este possa se recuperar. Maria Firmina dos Reis constrói uma imagem perfeita para este mocinho branco, que não consegue dar conta da sociedade a sua volta, uma sociedade patriarcal agonizante a que está submetido e da qual participa, presumidamente, como algoz, se levarmos em consideração a lógica binária que o institui. Na imagem que a autora propõe, o branco cai do cavalo, literalmente. Túlio, o sujeito preto, reage. Este encontro dos dois Firmina descreve como uma espécie de amor à primeira vista, um afeto fraternal, despretensioso. A amizade entre Túlio e Tancredo é estabelecida pela autora a partir de um reconhecimento de almas: são duas *almas* generosas, como o próprio título ressalta. O preto e o branco estão postos em conformidade. A equiparação entre ambos já está evidenciada, tanto no sentido da igualdade quanto no da humanidade.

Toda a tranquilidade do ambiente, descrita no livro em pormenores, traduzida na natureza perfeita do entorno, no ambiente acolhedor, idílico, pintado em tons de santuário, é quebrada por este acidente abrupto, pelo inimaginável. Ao nos apresentar esses dois personagens, a voz narrativa em *Úrsula* não os evidencia em suas características racializadas. Há uma única menção que talvez insinue a negrura de Túlio, mas absolutamente não o define como sendo um homem de pele preta ou um escravizado:

> Nesse comenos alguém despontou longe, e como se fora um ponto negro no extremo horizonte. Esse alguém, que pouco a pouco avultava, era um homem, e mais tarde suas formas já melhor se distinguiam. Trazia ele um quer que era que de longe mal se conhecia, e que descansando sobre um dos ombros, obrigava-o a reclinar a cabeça para o lado oposto. Todavia essa carga era bastantemente leve – um cântaro ou uma bilha; o homem ia sem dúvida em demanda de alguma fonte[51].

Apenas posteriormente vamos identifica-los com precisão: Túlio, o preto, e Tancredo, o branco. Somos conduzidos pela narração a compreendê-los apenas como dois homens, e assim a construção de tais personagens se dá pelo viés moral e não pelo *locus* social que lhes é atribuído. Também verificamos que é Túlio, que ainda não conhecemos pelo nome neste momento, quem socorre o jovem branco, que também não conhecemos pelo nome. Túlio mostra-se generoso, dono de sua razão, portador de uma consciência própria e inegociável, que nem mesmo as agruras do cativeiro são capazes de macular. Quando Tancredo reconhece em Túlio um amigo, a estabilidade do lugar de "escravo" é deslocada. Quanto a isto, é preciso ainda considerar que Tancredo não o reconhece de tal maneira por ser ele um escravo fiel e bom, mas por enxergar em Túlio um homem de sentimentos elevados e caráter ilibado. Já Túlio não têm obrigação em socorrer Tancredo, que neste início está desacordado, mas o faz conduzido por sua ética própria. Tancredo e Túlio se reconhecem um no outro, portanto. Há uma conexão que se dá nas bases daquilo que não se explica empiricamente.

Nas linhas iniciais, uma série de estratégias contextuais pode ser destacada na escrita de Maria Firmina dos Reis: Túlio é apresentado com destaque, ele não está na história apenas para compor a diegese narrativa; Túlio não é objetificado, é um indivíduo, sujeito dotado de humanidade, questionamentos, intenções e um juízo de valor intrínseco a ele; é a ação de Túlio de socorrer Tancredo o que leva ao desenrolar de toda a trama; ele é quem apresenta o casal romântico da história, Úrsula e Tancredo; Túlio está em pé de igualdade com o novo amigo (cifrado no título "Duas almas generosas"); Túlio serve de parâmetro moral para as ações de Tancredo; Túlio fala por si próprio; Tancredo não sente por Túlio complacência, piedade ou paternalismo, os sentimentos que o motivam são outros: gratidão, empatia, amizade, amor fraternal, respeito, cumplicidade, sentimentos de justiça e de indignação em relação à condição do amigo; o olhar de Tancredo não está formatado em moldes socialmente racializados; Tancredo não é apresentado como um redentor, ele retribui o ato com o qual é agraciado, afinal é Túlio quem o salva quando ocorre o acidente na mata, quem o leva para a casa de Luísa B., além de ser Túlio, juntamente com Úrsula, quem cuida de sua saúde enquanto está enfermo. O fragilizado Tancredo é justo, é um não herói, justificando assim a afirmativa de que Túlio serve de padrão moral para Tancredo.

O ato de deslocar Túlio, essa unidade preta, de seu lugar figurativo e plástico, para o de portador de uma voz e de sujeito não configura apenas o desejo de fala das *personas* que se identificam com essa necessidade vital, mas uma proposição/provocação – ao deslocar Túlio, Firmina também desloca Tancredo. Tancredo é a personificação de um lugar de escuta, de uma precisão de compreensão, que se dá pela identificação. A autora não apenas ficcionaliza uma possibilidade de inserção deste indivíduo preto, mas imagina esse novo homem branco, disposto à escuta e ao diálogo, confrontado com a falência de sua supremacia e do sistema que também o inventou, opositor da escravização, um homem humanista. A escolha do romance como ferramenta pedagógica de formulação da identidade nacional reforça, também aqui, sua perspectiva revolucionária na constituição da inscrição de identidades díspares e na crítica ao sistema vigente em contra narrativa.

Tulio, meu amigo, eu avalio a grandeza de dores sem lenitivo, que te borbulha na alma, compreendo tua amargura, e amaldiçoo em teu nome ao primeiro homem que escravizou seu semelhante[52].

Quando o acidente envolvendo o mocinho Tancredo se dá, onde este sofre a queda do cavalo combalido[53], o homem que Túlio tem diante de si e a quem decide ajudar é então um absoluto desconhecido. Esta tomada de decisão de Túlio o destaca em relação a Tancredo, pois o coloca à frente do outro no sentido da ação. Escapando ao habitual, ao contexto de inércia a que os escravizados são constantemente representados na literatura e na dramaturgia do período, Maria Firmina opta por evidenciar a capacidade reativa de Túlio e a torna força propulsora do enredo. A escritora, no discurso de um narrador onisciente, faz de Túlio este agente da história. Quando Túlio torna-se o parâmetro de equiparação moral do mocinho branco, a romancista interfere nas noções de valores da sociedade escravocrata e acaba polemizando as conhecidas teorias "científicas" a respeito da "inferioridade natural" dos africanos e de seus descendentes, postuladas por Hegel (1770 – 1831), além de outros filósofos europeus.

A principal característica dos negros é que sua consciência ainda não atingiu a intuição de qualquer objetividade fixa, como Deus, como leis, pelas quais o homem se encontraria com a própria vontade, e onde ele teria uma idéia geral de sua essência [...] O negro representa, como já foi dito o homem natural, selvagem e indomável. **Devemos nos livrar de toda reverência, de toda moralidade e de tudo o que chamamos sentimento, para realmente compreendê-lo**. Neles, nada evoca a ideia do caráter humano [...] A carência de valor dos homens chega a ser inacreditável. A tirania não é considerada uma injustiça, e comer carne humana é considerado algo comum e permitido [...] Entre os negros, os sentimentos morais são totalmente fracos – ou, para ser mais exato inexistentes[54].

A voz de Firmina torna-se um ruído na literatura e na lógica do pensamento eurocêntrico. O professor Eduardo de Assis Duarte (2018) orienta que, do ponto de vista histórico, o negro representado pela Europa é uma construção do branco interessado em explorá-lo. Isto, "da mesma forma que o Oriente sempre foi uma construção do Ocidente, para ficarmos nos termos de Edward Said"[55]. O professor recorre às obras de Hegel *Fenomenologia do espírito*, de 1807, e "Lições de Filosofia da história universal" para assinalar a constituição do discurso eurocêntrico com o qual a escrita de Maria Firmina dos Reis rivaliza:

> Vista etnocentricamente como "mundo criança, envolto na negrura da noite", estaria mergulhada na ignorância e no canibalismo, sem cultura e sem religião, submersa na "arbitrariedade sensual" que aproxima humanos de animais. Assim, enquanto "espécie vacilante" entre essas duas formas de vida – a humana e a animal –, o negro construído pela narrativa hegeliana figuraria como "estátua sem linguagem" e "sem consciência de si", portanto desprovida de universalidade. Para Achille Mbembe, todo esse discurso nada mais é do que fruto de uma relação imaginária com a África, sustentada por uma economia ficcional[56].

A invenção do negro e a manipulação do conceito ao esconder os interesses políticos e econômicos da colonização inventa também o *locus* social que marca gerações de pretos no mundo. A colonização constitui-se como dependente do trabalho escravo, principalmente nas Américas. Eduardo de Assis Duarte lembra ainda que, em *Fenomenologia do espírito* (1807), o escravizado é aquele que entrega a liberdade para não perder a vida, o que engendra uma espécie de "livre-arbítrio" sobre o futuro. Já em "Filosofia do Direito" (1821) é o próprio escravizado responsável por sua escravidão, "é sua vontade a responsável pela sujeição de um povo"[57]. Neste ponto, a injúria da escravidão se deve também aos próprios conquistados e escravizados. Desde meados do século XV, quando a efabulação hegeliana da raça servia apenas para referir-se a grupamentos humanos não europeus, o negro e a raça foram sendo produzidos. Foi necessário ainda produzir um *lócus* geográfico (o espaço e a origem) para este "outro", que se configurou como a África.

Pelas mãos de Maria Firmina dos Reis, a África ganha atributos de qualidade quando, desde o primeiro capítulo, as referências ao continente o evidenciam de forma positiva. Ao revelar que o sangue africano corre nas veias de Túlio, o narrador atribui importância a esta ascendência. A África de Maria Firmina dos Reis não está atrelada à escravização, mas à terra natal, numa relação diaspórica com esse lugar, até então não vista em nossa literatura. A memória da dor é construída justamente a partir do encontro com os homens brancos e da travessia pelo Atlântico. A escrita de Firmina contraria a desqualificação de tudo quanto se refere ao continente africano e às narrativas ficcionais que justificam a escravidão ao desfazer a lógica de desumanização e desqualificação aplicadas aos sujeitos pretos e à demonização aplicada à África. Ela rejeita claramente o esquecimento das matrizes africanas, que apenas se fortalece no apagamento destas culturas, práticas e referências de africanos e afro-brasileiros:

> O homem que assim falava era um pobre rapaz, que ao muito parecia contar 25 anos, e que na franca expressão de sua fisionomia deixava adivinhar toda a nobreza de um coração bem formado. O sangue africano refervia-lhe nas veias[58].

Segundo Lélia Gonzalez (1988a), para definir a experiência comum dos negros nas Américas, temos de pensar em termos de "amefricanidade". A intelectual elaborou o termo para indicar um enfoque sobre a formação histórico-cultural das Américas que considere as influências africanas e indígenas. Ela se contrapõe aos termos "afroamericano" e "africanoamericano" para justamente designar os africanos diaspóricos das Américas (Sul, Central, Norte e Insular), todos submetidos ao racismo como sistema de dominação. O que está em questão na virada de Lélia Gonzalez é a tentativa de gerar outros modos de pensar a diáspora africana, baseando sua reflexão no texto de M.D.

Magno ("Améfrica Ladina: introdução a uma abertura", Colégio Freudiano do Rio de Janeiro, 1981), mas não apenas. Lélia negava a latinidade das Américas considerando, por um lado, a preponderância dos elementos ameríndios e africanos; e por outro lado, a formação histórica de Espanha e de Portugal. Segundo ela, esta só pode ser compreendida tomando-se como pilar da reflexão a longa dominação da península ibérica pelos mouros. Neste último aspecto, estaria a chave para se entender porque, nas sociedades americanas, constituiu-se uma rígida hierarquia social definida a partir do pertencimento étnico. Assim, o racismo na Améfrica Ladina, para além de fatores histórico-culturais, também revelaria, em termos psicanalíticos, uma neurose cultural que busca incansavelmente suprimir "aqueles que do ponto de vista étnico são os testemunhos vivos" da ladinoamefricanidade denegada.

> Quanto a nós, negros, como podemos atingir uma consciência efetiva de nós mesmos, enquanto descendentes de africanos, se permanecermos prisioneiros, "cativos de uma linguagem racista"? Por isso mesmo, em contraposição aos termos supracitados, eu proponho o de amefricanos ("Amefricans") para designar a todos nós?[59].

Se o processo escravagista quer ocultar as matrizes afros no apagamento das referências culturais, no silenciamento dos sujeitos, e na imposição da língua portuguesa, conforme discorre Lélia Gonzalez sobre as virtualidades do discurso acerca de nossa formação cultural na exclusão das influências africanas, verificamos que no Túlio de Firmina, o marcador corpóreo do correr do sangue africano em suas veias é um diferencial, que não está posto como uma característica de desvalor. A ascendência de Túlio não é descrita com demérito ou tristeza, mas como uma valoração em si. Susana e Antero, os outros dois personagens pretos que surgem na trama de Firmina também conferem importância à terra ao mencionarem a África como lugar de origem:

> — Pois ouça-me, senhor conselheiro: na minha terra há um dia em cada semana, que se dedica à festa do fetiche, e nesse dia, como não se

trabalha, a gente diverte-se, brinca, e bebe. Oh! Lá então é vinho de palmeira mil vezes melhor que cachaça, e ainda que tiquira[60] (Fala de Antero para Túlio).

– [...] Tranquila no seio da felicidade, via despontar o sol rutilante e ardente do meu país, e louca de prazer a essa hora matinal, em que tudo aí respira amor [...] E esse país de minhas afeições, e esse esposo querido, essa filha tão extremamente amada, ah Túlio! Tudo me obrigaram os bárbaros a deixar! Oh! Tudo, tudo até a própria liberdade![61] (Fala de Susana para Túlio).

Quanto a Túlio, para além da descrição que a autora faz em "o sangue africano refervia-lhe nas veias"[62], os atributos morais, a sensibilidade e a inteligência também constituem parte fundamental de sua construção como ser. Faz parte do jogo de Maria Firmina contrapor as construções sociais que facilmente seriam atribuídas a Túlio com novas proposições. Tanto que Tancredo ignora completamente o acervo de conhecimentos niveladores de cunho racial que supostamente um branco carregaria no contexto em que estão ambos descritos. O jovem desiludido apenas sente-se grato àquele que o salvou de forma despretensiosa, suas atitudes e falas ganham um sentido invertido no espelho que os refletem. Enquanto Túlio é o exemplo da retidão e da integridade, Tancredo é o ideal do novo homem, aquele com sensibilidade alinhada às condições dos novos tempos que tardam a chegar. A sociedade que teoricamente está por emergir requer um homem que não compactue com a sociedade escravagista, destituído do gosto sádico pela dor, pela morte, disposto à honra e ao trabalho, que não se baseie em um sistema de dependência do trabalho do outro (o escravizado). Este novo homem seria capaz de enxergar no outro, este preto, apenas sua premência humana, de forma desassociada do lugar social como um condicional imutável imposto pela escravidão, pelas teorias cientificistas forjadas para a dominação ou pelos estereótipos constantemente repetidos a fim de tornar fixo seus significados no imaginário coletivo, ao definirem, a partir dos interesses de "uso", homens e mulheres negras.

> Além disso, é o seguinte: sou negra e mulher. Isso não significa que eu sou a mulata gostosa, a doméstica escrava ou a mãe negra de bom coração. Escreve isso aí, esse é o meu recado pra mulher negra brasileira. Na boa[63].

Por enquanto, o homem branco que se revela na figura débil de Tancredo é o homem que padece das doenças da sociedade patriarcal, esta que lhe aloca em um lugar definido *a priori*, negando-lhe a própria personalidade e, sobretudo, a humanidade, na forma da castração de sua sensibilidade. O estado doentio no qual se encontra é ainda a condição imoral desta sociedade, a agonia da amputação do sensível. O estado febril que lhe acomete está para além de seus próprios limites físicos e não lhe consome apenas em sua materialidade. *Úrsula* nos permite fazer uma leitura de pretos, brancos, mulheres, mulheres negras, como frutos de um processo de elaboração exterior, do engendramento externo sobre os corpos sociais e sua organização. Com consequências absolutamente distintas para as partes envolvidas, caberá à parcela nomeada como negra o mal maior. Ainda assim, verifica-se o entendimento de que, todos estes postos em relação são produtos de uma mesma formulação de verdade.

> Finalmente seu coração pulsou de íntima satisfação; porque o mancebo, pouco a pouco revocando a vida, abriu os olhos lânguidos de dor, e os fitou nele, como que estupefato e surpreso com o que via.
>
> [...]
>
> – Quem és? – Perguntou o mancebo ao escravo apenas saído do seu letargo. – Por que assim mostras interessar-te por mim?!...
>
> – Senhor! – Balbuciou o negro – vosso estado... Eu – continuou com acanhamento, que a escravidão gerava – suposto nenhum serviço vos possa prestar, todavia quisera poder ser-vos útil. Perdoai-me!...

– Eu? – Atalhou o cavalheiro com efusão de reconhecimento – eu perdoar-te! Pudera todos os corações assemelharem-se ao teu. E fitando--o, apesar da perturbação do seu cérebro, sentiu pelo jovem negro interesse igual talvez ao que este sentia por ele.

[...]

Entretanto o pobre negro, fiel ao humilde hábito do escravo, com os braços cruzados sobre o peito, descaía agora a vista para a terra, aguardando tímido uma nova interrogação.

[...]

É que em seu coração ardiam sentimentos tão nobres e generosos como os que animavam a alma do jovem negro: por isso, num transporte de íntima e generosa gratidão o mancebo, arrancando a luva que lhe calçava a destra, estendeu a mão ao homem que o salvara. Mas este, confundido e perplexo, religiosamente ajoelhado, tomou respeitoso e reconhecido essa alva mão, que o mais elevado requinte de delicadeza lhe oferecia, e com humildade tocante, extasiado, beijou-a.

Esse beijo selou para sempre a mútua amizade que em seus peitos sentiam eles nascer e vigorar. As almas generosas são sempre irmãs.

Não foste porventura o meu salvador? – perguntou com reconhecimento, retirando dos lábios do negro a mão, e malgrado a visível perturbação deste, apertando-lhe com transporte a mão grosseira, mas onde descobria, com satisfação, lealdade e pureza[64].

Esse Tancredo, desconectado da tradição, está apto a novas escolhas. Ele é também o homem atordoado, melancólico, que precisa lidar com a falência pessoal cotidianamente, com o autoritarismo patriarcal, com a tirania do próprio pai, de quem é a antítese e por quem é vergonhosamente traído. O despótico abusa de sua confiança e amor filial, ao lhe enganar e tomar a própria noiva, Adelaide. Tancredo, na dor, pelas vias da sujeição, torna-se um potente signo de leitura do branco que inclui as incertezas, agonias, o medo do desconhecido, a frustração, o abandono e também o devir, onde a experiência da borda é um lugar compartilhado, porém não igual. Tancredo, movido por gratidão, estende a mão para cumprimentar Túlio[65], como se faz a qualquer um que seja julgado semelhante ou a quem se deseja sinalizar ausência de conflito.

A cena descrita nos coloca diante do paradigma atrelado ao contexto de inferioridade a que o indivíduo preto se encontra vinculado neste patriarcado colonial. Estender a mão, nas circunstâncias a que ambos se encontram submetidos, significa estar desarmado, estar receptivo ao outro, este que não lhe impõe medo, que não lhe é um adversário ou alguém de quem é preciso se defender.

Quando Tancredo dirige a palavra a Túlio cria um espaço de escuta, justamente ao lhe perguntar quem ele é, qual a condição em que se encontra (portanto, circunstancial). Tanto Túlio quanto Tancredo tomam importantes decisões, movidos por afetação: Túlio não faz de Tancredo seu inimigo, apesar de este ser a personificação do opressor em potencial. Tancredo não faz de Túlio um escravizado, compactuando com a fantasia da raça e incorporando a ideologia da supremacia branca. Por outro lado, a restituição de sua sensibilidade humana é resgatada por Túlio quando ele, ao lidar com a potencial morte do branco, decide não a permitir. Precisamos considerar aqui que para o opressor branco do colonialismo patriarcal a morte de pretos está naturalizada e é legítima. Na contramão disto, para Túlio a possibilidade da vida é determinante e é o que desloca os sentidos de uma sociedade que coisifica humanos e banaliza a dor.

A partir da desnaturalização da morte percebemos que não se evidencia entre Túlio e Tancredo uma correlação superior-inferior. Tancredo, mesmo quando oferece ao outro o valor correspondente à sua alforria, não é alçado ao posto de herói, elevado em relação ao amigo não apenas socialmente, mas moralmente. Sequer o mocinho branco é descrito como um "bom homem" por ter um amigo negro, o que seria facilmente classificado como um ato de generosidade e suposto desprendimento. Dentro dessa conjuntura, fica cada vez mais clara a motivação da autora de deslocar Túlio do encarceramento da condição de infra-humanidade sobre a qual já discorremos, fazendo-o sujeito de si, ainda que escravizado. Maria Firmina dos Reis, no cerne da sociedade escravocrata do século XVIII, e no Maranhão, desorganiza, portanto, a lógica do pensamento eurocêntrico que sustenta não apenas a escravatura, como também a reconfigura nas condições para a abolição no Brasil.

A relação entre estes (não) iguais acaba por resgatar Tancredo do mais profundo vazio emocional/existencial em que se encontra. Túlio o desencarcera do escapismo e da melancolia a que estava antes submetido. Esta é a relação primeira que humaniza o homem branco, fruto da sociedade em ruínas e doente, e de uma família falida, mas tida como ideal e símbolo de poder e respeito. A esta altura ainda não sabemos que Tancredo sofre de uma desilusão amorosa e que a traição envolve seu próprio pai, mas já o identificamos como um personagem atordoado e depressivo. Maria Firmina dos Reis estabelece uma via dupla de reflexão a partir de Túlio: ele tanto devolve a humanidade roubada dos escravizados quanto cunha uma humanidade para os tais "bárbaros" – adjetivo com o qual a autora descreve algumas vezes durante o romance os homens brancos, inversão que se justifica, pois, com suas atitudes. "Estes mais parecem bestas do que homens", conforme descreve Susana. O que a autora parece já estar sinalizando é que a constituição do ser pressupõe o outro diverso.

Ao mesmo tempo em que o ineditismo e a ousadia de *Úrsula* se encontram também na equiparação dos personagens Túlio e Tancredo, esta relação extremamente harmônica entre os personagens pode chamar a atenção de muitos leitores, afinal eles parecem estar em perfeita sintonia. Durante o romance o afeto de Túlio, e também de Susana, a Tancredo, Úrsula e Luiza B., pode parecer um tanto excessivo e fazer lembrar outras obras nas quais a devoção do escravizado aos brancos é mais um artifício para garantir a submissão negra. *A Cabana do Pai Tomás* (1852), de Harriet Beecher Stowe, é o exemplo clássico da construção do personagem do bom negro, subserviente e fiel a sua autoridade branca. O livro influenciou muitos escritores, e segundo pesquisadores, pode ter influenciado Maria Firmina dos Reis. Porém, é importante que certos aspectos sejam considerados sobre Túlio e Susana, estes que fragilizam a asserção de subserviência. Primeiramente, tanto Susana quanto Túlio são personagens que fazem elaborações profundas a partir de um juízo crítico de suas condições, além de apresentarem personalidades distintas e uma moral própria, o que define o lugar de fala. Antero, outro personagem escravizado, por sua vez, age de uma maneira na frente de seus opressores e de outra na frente de Túlio. Todos estes apresentam distinções entre si, na personalidade e nas ações que realizam, mas não há resiliência na forma como se manifestam em relação à escravidão:

> Antero era um escravo velho, que guardava a casa, e cujo maior defeito era a afeição que tinha a todas as bebidas alcoolizadas.
>
> Em presença dos dois homens de má catadura e feições horrendas, ele mostrou-se rígido (...) e mostrou-se interessar-se vivamente em cumprir as ordens que recebera. Depois colocou-se à porta, qual fiel cão de fila a quem o dono deixou de guarda a sua propriedade ameaçada por ladrões.
>
> (...)
>
> – Coitado! – Dizia ele lá consigo – sua pobre mãe acabou sob os tratos de meu senhor!... e ele, sabe Deus que sorte o aguarda! Pobre Túlio!...
>
> (...)
>
> Antero, que também sofria, quis distraí-lo de seus pensamentos dolorosos (...)[66].

Como segundo ponto, consideramos que a parcela leitora da população àquela altura era majoritariamente branca e masculina. Não chocar por completo esses leitores, improváveis, porém possíveis, talvez fosse parte do propósito da autora, como uma estratégia. Firmina também ambicionava falar às mulheres, tanto que menciona isto no prólogo. Ela acrescenta ainda uma contestação incisiva quanto à figura masculina que traduz a sociedade patriarcal, expondo através de personagens como Fernando P. e Paulo B., esta figura como sendo violenta, doentia, egoísta, amoral, opressora e assassina, ao invés de enaltecê-la como grande protetor/provedor da família, da mulher e dos filhos – conforme veremos adiante. Firmina podia ainda intencionar conquistar a cumplicidade de alguns aliados no que se refere à publicação de seu romance, bem como, no campo da práxis cotidiana, às suas atitudes políticas e profissionais. É possível conferir a menção ao livro em jornais locais e a participação de Firmina como colaboradora em vários impressos, posteriormente.[67] Desta forma, como estratégia, a maneira como Firmina organiza seu romance, justifica-se muito bem. Sabemos que a escritora pretendia que as palavras contidas em *Úrsula* ecoassem e promovessem algum tipo de análise, e para tal, ela iria precisar contar com algum grau de aceitação da sociedade a sua volta. É certo também que Maria Firmina dos Reis, a julgar por sua escrita, sabia o quanto sua existência como mulher negra, concursada, professora, escritora, empreendedora, artista, pioneira e atuante política, incomodava. Desta forma, a construção das personagens pretas em *Úrsula* apresenta mais um artifício de escrita do que uma possibilidade de resignação.

A voz narrativa, ao comunicar acerca de Túlio que Tancredo é "o primeiro branco que tão doces palavras lhe havia dirigido; e sua alma, ávida de uma outra alma que a compreendesse, transbordava agora de felicidade e de reconhecimento"[68], faz sobressair não apenas uma ideia de reciprocidade na dinâmica da alteridade, onde a existência da alma é uma questão fundamental, principalmente para a construção de Túlio, mas também que os personagens estão implicados em uma concepção axiológica, onde valores morais, éticos, estéticos e espirituais estão constantemente em jogo. Passo a passo o romance está estruturado de forma a se contrapor à elaboração da razão negra hegemônica. Como alquimia, na combinação de texto e paratexto, há um campo de argumentações capaz de atuar nos interstícios do entendimento comum. Desta forma, Maria Firmina dos Reis redimensiona as expectativas quanto ao próprio enredo que desenvolve, conseguindo armar no ar, no tempo-espaço da suspensão, uma variação argumentativa que se cola aos sujeitos de sua narrativa, deslocando os sentidos pré-existentes na inscrição de uma razão negra escrita em primeira pessoa.

[...] o mísero ligava-se à odiosa cadeia da escravidão; e embalde o sangue ardente que herdara de seus pais, e que o nosso clima e a servidão não puderam resfriar, embalde – dissemos – se revoltava; porque se lhe erguia como barreira – o poder do forte contra o fraco!...

Ele entanto resignava-se; e se uma lágrima a desesperação lhe arrancava, escondia-a no fundo de sua miséria.

Assim é que o triste escravo arranca a vida de desgostos e de martírios, sem esperança e sem gozos!

Oh! Esperança! Só a têm os desgraçados no refúgio que a todos oferece a sepultura!

[...]

Coitado do escravo! Nem o direito de arrancar do imo peito um queixume de amargura dor!...

Senhor Deus! Quando calará no peito do homem a tua sublime máxima – ama a teu próximo como a ti mesmo –, e deixará de oprimir com tão repreensível injustiça ao seu semelhante!... Àquele que também era livre no seu país... aquele que é seu irmão?

E o mísero sofria: porque era escravo, e a escravidão não lhe embrutecera a alma; porque os sentimentos generosos, que lhe implantou o coração, permaneciam intactos, e puros como a sua alma. Era infeliz, mas era virtuoso; e por isso seu coração enterneceu-se em presença da dolorosa cena que se lhe oferecia à vista[69].

– Como te chamas, generoso amigo? Qual é a sua condição?

– Eu, meu senhor – tomou-lhe o escravo, redobrando suas forças para não mostrar cansaço – chamo-me Túlio.

– Túlio! Repetiu o cavaleiro – e de novo interrogou:

– A tua condição, Túlio?

Então o pobre e generoso rapaz, engolindo um suspiro magoado, respondeu com amargura, malgrado seu, mal disfarçada:

– A minha condição é a de mísero escravo! Meu senhor – continuou – não me chameis amigo. Calculastes já, sondastes vós a distância que nos separa? Ah! O escravo é tão infeliz!... Tão mesquinha e rasteira é a sua sorte, que...

– Cala-te, oh! Pelo céu, cala-te, meu pobre Túlio – interrompeu o jovem cavaleiro – dia virá em que os homens reconheçam que são todos irmãos. Túlio, meu amigo, eu avalio a grandeza de dores sem lenitivo, que te borbulham a alma, compreendo tua amargura, e amaldiçoo em teu nome ao primeiro homem que escravizou a seu semelhante. Sim – tens razão; o branco desdenhou a generosidade do negro, e cuspiu sobre a pureza dos seus sentimentos. Sim, acerbo deve ser o seu sofrer, e eles que o não compreendem!! Mas Túlio, espera; porque Deus não desdenha aquele que ama ao seu próximo... e eu te auguro um melhor futuro. E te dedicaste por mim! oh! Quanto me hás penhorado! Se eu te pudera compensar generosamente... Túlio – acrescentou após breve pausa – oh dize, dize, meu amigo, o que de mim exiges; porque toda recompensa será mesquinha para tamanho serviço.

– Ah! Meu senhor – como sois bom! Continuai, eu vô-lo suplico, em nome do serviço que vos presto, e a que tanta importância quereis dar, continuai, pelo céu, a ser generoso e compassivo para com todo aquele que, como eu, tiver a desventura de ser vil e miserável escravo! Costumados como estamos ao rigoroso desprezo dos brancos, quanto nos será doce vos encontrarmos no meio das nossas dores! Se todos eles, meu senhor, se assemelhassem a vós, por certo mais suave seria a escravidão.

[...]

Pobre Túlio![70].

Dentro do campo da filosofia ocidental, o alemão Max Scheler (1874-1928) estabelece que os valores morais obedecem a uma hierarquia, surgindo em primeiro plano os valores positivos relacionados ao que é bom, depois ao que é nobre, a seguir ao que é belo, e assim por diante. A ética e a estética estão vinculadas de forma intrínseca aos valores desenvolvidos pelo ser humano. A ética é o ramo da filosofia que investiga os princípios morais (o que é bom/mau, certo/errado) na conduta individual e social; a estética é o estudo dos conceitos relacionados à beleza e harmonia das coisas. Assim sendo, os conceitos de ética e beleza, considerando Scheler, estão aproximados em Túlio nos termos do colonizador, e o homem está posto no mais alto patamar da hierarquia moral e da dignidade humana. Não identificaríamos em Túlio esta mesma autonomia moral caso Maria Firmina dos Reis incorresse na simples estereotipia vazia do "bom escravo", baseada em admiração servil, e onde a medida de comparação é o heroísmo e a elevação do escravocrata.

Túlio também não se apaixona pela mocinha branca, tida como bela e recatada, sendo por ela capaz de qualquer coisa, inclusive morrer, fato que, sobretudo, dignificaria sua morte. Nas escolhas que a autora faz não existem subterfúgios para escamotear o controle sobre os subalternizados. A escravidão é condenada como um todo, e, se Túlio vai receber nas páginas seguintes o dinheiro para sua alforria das mãos de Tancredo é apenas porque esta é uma condição imposta pelo regime. Na escrita da autora, de cunho abertamente abolicionista, a liberdade não é recompensa de nada, é a condição primeira, assim como a condenação da escravização se dá apenas porque nenhum homem deve ser escravizado por outro.

Maria Firmina elabora seu Túlio de maneira a que ele oscile entre a raiva e a experimentação da fraternidade, na lida com suas próprias dores, caracterizando um Túlio humano, homem, localizado no ventre na sociedade escravocrata patriarcal – na doxa de sua neurose coletiva.

> A categoria do sujeito-suposto-saber, refere-se às identificações imaginárias com determinadas figuras, para as quais se atribui um saber que elas não possuem (mãe, pai, psicanalista, professor, etc.). E aqui nos reportamos a análise de um Franz Fanon e de um Alberto Memmi, que descrevem a psicologia do colonizado frente a um colonizador. Em nossa opinião, a categoria de sujeito-suposto-saber enriquece ainda mais o entendimento dos mecanismos psíquicos inconscientes que se explicam na superioridade que o colonizado atribui ao colonizador. Nesse sentido, o eurocentrismo e seu efeito neo-colonialista (...) também são formas alienadas de uma teoria e de uma prática que se percebem como liberadora[71].

Lélia Gonzalez traz importantes considerações para a compreensão da dimensão psicológica do colonizado, que esbarram na formulação e na crítica de Maria Firmina dos Reis quanto à identificação, ao sentido da coletividade e aos ardis e manhas da resistência – todas estas com implicações no campo da linguagem e do discurso sobre a própria vida. Refletem-se como incidências sobre o corpo preto, único, para além do corpo social, numa relação dual e cíclica de domínio-opressão, individualidade-coletividade, onde mente e corpo não estão desassociados. Para Gonzalez, o pensamento lacaniano ajuda na reflexão acerca das dinâmicas da sujeição na medida em que, articuladas, as categorias de infante e de sujeito-suposto-saber nos levam ao tema da alienação.

A primeira diz respeito exatamente àquele que não é sujeito do seu próprio discurso, na medida em que é falado pelos outros. Este conceito se constitui a partir da análise da formação psíquica da criança que, ao ser falada na terceira pessoa pelos adultos, é excluída, ignorada, colocada como ausente apesar da sua presença. Ela mesma reproduz esse discurso e fala em si em terceira pessoa, em um complexo de alienação. Já o sujeito-suposto-saber implica na transferência. Na teoria lacaniana, a confiança que o analista obtém de seu paciente é decorrente de algo, que se sustenta em confiança, admiração, suposição consciente de um saber. Os aspectos da vertente imaginária da transferência em jogo correspondem a uma estrutura simbólica. Trata-se de uma proposta de estruturação lógica do fenômeno da transferência analítica em todas as suas manifestações (repetição, sugestão, resistência). Neste contexto, atrelado à transferência analítica, se dá a neurose.

Tanto a neurose de transferência quanto o conceito de sujeito suposto saber só podem ser pensados do modo como foram concebidos por Freud e Lacan, a partir da operação fundamental da neurose: o recalque. Na biografia de Lélia Gonzalez escrita por Alex Ratts e Flavia Rios (2010), destaca-se uma entrevista que Lélia Gonzalez concedeu para o livro "Patrulhas Ideológicas" (1979), onde ela própria ressalta a sua "tomada de consciência" racial e de gênero e sua orquestração de si a partir da psicanálise (que se tornaria uma das suas áreas de formação) e da cultura negra, especialmente nos aspectos religiosos:

Tive que parar em um analista, fazer análise etc. e tal, e análise neste sentido me ajudou muito. A partir daí fui transar candomblé, macumba, essas coisas que eu achava que eram primitivas. Manifestações culturais que eu, afinal de contas, com uma formação em filosofia, transando uma forma cultural ocidental tão sofisticada, claro que não podia olhar como coisas importantes. Mas enfim, voltei às origens, busquei as minhas raízes [...].

[...]

Meu lance na psicanálise foi muito interessante, a psicanálise me chamou a atenção para meus próprios mecanismos de racionalização, de esquecimento, de recalcamento etc. Foi inclusive a psicanálise que me ajudou neste processo de descobrimento da minha negritude[72].

A trajetória de Lélia Gonzalez nos ajuda a compreender até onde vai a crueza da assimilação e cooptação. A experiência de Lélia Gonzalez como intelectual, visitada aqui em alguns de seus textos, aborda perspectivas individuais e coletivas do ser negro/preto em uma sociedade de herança patriarcal e escravocrata, como o Brasil. Quando ela define que "negro tem que ter nome e sobrenome, senão os brancos arranjam um apelido... ao gosto deles"[73], a dimensão subjetiva da identidade revela-se como uma expectativa do indivíduo existir fora da envergadura colonial, ainda que transposto por ela. As camadas de subjetividades atingidas pelo racismo na forma da opressão e do terror diário no seio desta sociedade são incontáveis. Portanto, recuperar as possibilidades do "ser" e a natureza das individualidades alia esta dimensão subjetiva ao exercício da política.

No âmbito da coletividade, que não anula a percepção individual, mas age intercambiado a ela, sua contribuição torna-se imensurável, no sentido de que, no exercício da intelectualidade ou como pessoa pública, foi capaz de levar a questão negra para o conjunto da sociedade brasileira. Ela promove, especialmente, um debate na área do poder político e na cultura. Para Lélia Gonzalez o debate sobre as questões inerentes às relações raciais no Brasil e suas influências era incontornável. É neste aspecto, nos parece, que mais fortemente os investimentos de Lélia Gonzalez dialogam com os meandros de *Úrsula*, de Maria Firmina dos Reis. A construção subjetiva e a elaboração de uma liberdade ética e moral principalmente em Susana, Túlio e Antero, revelam uma reflexão profunda da autora com relação as injunções do sistema sobre o corpo de mulher negra, sobre si.

A evidenciação do funcionamento colonial e a voz dos subalternizados presentes na escrita e no estilo de Maria Firmina dos Reis revelam tanto uma compreensão/elaboração sobre a questão da experiência quanto um compromisso com ela. Ambas, Firmina e Lélia, estão unidas no processo que nomeio como "pedagogia da consciência", que quer desarticular, pela exposição e pelas vias do conhecimento, em um processo de transmissão, as camadas, mesmo as mais imperceptíveis, dos processos de sujeição dos indivíduos subalternizados, que estão edificados na estrutura social, naturalizados e disseminados. Trazer a memória é, na expectativa da tradição e da mudança, dar a conhecer.

2.
MARIA FIRMINA DOS REIS E O LUGAR DE FALA DE DJAMILA RIBEIRO

> Ainda que ganhemos salários menores, que estejamos em cargos mais baixos, que passemos por jornadas triplas, que sejamos subjugadas pelas nossas roupas, violentadas sexualmente, fisicamente e psicologicamente, mortas diariamente pelos nossos companheiros, nós não vamos nos calar: as nossas vidas importam! [...]
>
> Só acha que isso é normal quem não sofreu no corpo o machismo e o racismo estrutural. Quem acha que isso não merece ser debatido na nossa educação é porque se beneficia das desigualdades. Por isso, quero deixar registrado que essa Casa, ao retirar os termos "gênero", "sexualidade" e "geração", fortalece a continuidade de desigualdades e violências dos mais diversos tipos.
>
> Marielle Franco
> (1979 - ...)[74]

A partir do romance *Úrsula* (2018) Maria Firmina dos Reis elabora uma narrativa que surge tanto de um *locus* social quanto de uma obstinação por refutar a razão hegemônica e a hierarquização dos saberes como frutos de uma clivagem social estruturados como mecanismos de poder e controle. Não à toa, o romance torna-se a obra inaugural da literatura afro-brasileira. Conforme verificamos no primeiro capítulo, a narrativa se alicerça na percepção de que os cativos e as mulheres são as maiores vítimas da sociedade patriarcal. O corpo moldado na experiência de "outsider within"[75] lhe fornece as ferramentas para uma escrita que se equilibra na transgressão. Da mesma forma, é o lugar a partir do qual Maria Firmina dos Reis fala que a possibilita tematizar a negritude a partir de uma perspectiva própria. Este lugar, balizado pelo acúmulo de jugos, é o mesmo que lhe orienta em um ponto de vista solidário, não apenas aos africanos e afrodescendentes, mas às mulheres de uma forma geral. Assim, é na condição de ser mulher e negra e de classe não abastada, no cerne do contexto colonial, que a escritora formula uma narrativa única.

Na concepção de personagens como Túlio (sobre o qual discorremos mais detalhadamente no primeiro capítulo, a fim de dar importância às bases de uma razão negra escrita de próprio punho), Preta Susana e Antero, entendemos as potencialidades do discurso que emerge da experiência e que abarca uma noção de tempo não ocidentalizado no gesto empreendedor de ruptura de um sistema de opressão. À consciência sobre a importância do lugar social, o que inclui as condições que ele produz, interessa atrelar outro saber, que opere na rememoração, na reconstrução, bem como na transmutação dele mesmo. Neste sentido, a fala está determinada tanto pelo *locus* quanto pela sua relação com a temporalidade, em um constante processo de pilhagem[76] cultural e histórica que, ao instituir uma nova noção de pertencimento, no sentido das comunidades imaginadas[77], e na busca por ressignificar, também inaugura no tempo quimérico da diáspora um novo tempo, inventivo e utópico – portanto, algo que nos é perfeitamente real.

Com relação ao lugar, sua determinante primeira é a ausência, constituindo-se como não-lugar, e sua variável é o estado de "outsider within", segundo o qual mulheres negras atuam nas áreas fronteiriças da sociedade, agindo pelas frestas, as mesmas que lhes modulam um olhar específico sobre suas condições e sobre a sociedade que as institui, e que, insiste em definir, limitar e alocar. No que se refere ao tempo, interessa a meditação sobre que tempo é este no qual vozes distintas se visitam, se reconhecem e formulam seu processo de pilha na ingerência do próprio tempo e do espaço. Na profusão de falas do tempo imerso em fantasia, os tinidos se reconhecem em um espaço-tempo simultâneo, apoiam-se continuamente sobre as mesmas bases, agem quase sempre sobre os mesmos corpos, que resistem. O discurso que lhe é próprio é hábil em mediar concretude e ausência, inclusão e exclusão, enunciação e silêncio, na manutenção do mito.

Nesta corrida de engenhos, os gestos de insistência são rasuras tornadas possíveis, numa busca dinâmica por tentar transformar instâncias do intangível. Para Walter Mignolo (2008), como forma de ação, é necessária uma desobediência teórica como o principal caminho de reflexão no/do pós-colonial. Segundo ele, é na "identidade em política" que se dá o confronto com qualquer outra forma de pensar que não sejam aquelas fundamentadas nas bases conceituais, categoriais e no fazer decolonial dos próprios colonizados. Sua formulação se configura como tentativa de não reforçar o pensamento colonial com suas determinações. Assim, a língua cumpre um papel descolonizador no arcabouço de determinação imposto pelo discurso imperial, a fim de criar categorias políticas que distanciem a possibilidade de incorrer em conceitos construídos por correntes do pensamento que apenas reforçam a dominação.

> Pretendo substituir a geo – e a política de Estado de conhecimento de seu fundamento na história imperial do Ocidente dos últimos cinco séculos, pela geo-política e a política de Estado de pessoas, línguas, religiões, conceitos políticos e econômicos, subjetividades, etc., que foram racializadas (ou seja, sua óbvia humanidade foi negada). Dessa maneira, por "Ocidente" eu não quero me referir à geografia por si só, mas à geopolítica do conhecimento[78].

O que propomos é a problematização da modernidade como visão de mundo única, estabelecida em uma lógica de causalidade cronológica e de progressão histórica. Desta forma, o tempo da simultaneidade é um acúmulo de instantes presentes na resistência, para a invenção de uma reexistência. Isto na medida em que o colonizador, de forma insistente, tenta inserir o colonizado no tempo homogêneo e vazio da modernidade global, na repetição deste tempo, e tenta incansavelmente fixá-lo neste lugar. Segundo Hall (2013), a questão da origem e da continuidade, tanto no aspecto cultural quanto no histórico, apenas pode ser interligada "ao longo de uma cadeia tortuosa e descontínua de conexões"[79]. Assim, a desobediência como rasura também incorpora uma imprecisão histórica, que não oculta os atravessamentos e não impede a consciência das implicações da modernidade, mas que anseia por outras visões que não estejam exclusivamente atadas às amarras de suas imposições.

Não se trata de desconsiderar por completo as contribuições das críticas feitas ao pensamento colonial hegemônico produzidas por pensadores europeus, mas da capacidade de olhar por outras frestas. Walter Benjamin (1940), por exemplo, nas "Teses sobre o conceito da história" aponta que o passado só se deixa fixar como imagem que relampeja irreversivelmente, apontando para as imagens do passado que se dirigem ao presente, sem que este presente se sinta visado por elas. Segundo ele, articular historicamente o passado não significa conhecê-lo, mas apropriar-se de uma reminiscência, onde cabe ao materialismo histórico fixar uma imagem do passado ao sujeito histórico sem que ele tenha consciência disso. O perigo, assim, ameaça tanto a existência de uma tradição quanto aqueles que a recebem.

A modernidade se configura como a convivência de distinções justificada por um discurso de unicidade. As tensões da pós-modernidade, porém, expõem a concepção de progresso, própria da modernidade, como uma ideia falha, que não deu conta das profundas desigualdades que estão estruturadas e sedimentam o corpo social desde a invasão do Brasil. Estamos, naturalmente, edificados no colonialismo como visão de mundo estrutural, onde a dinâmica política da manutenção da fabulação histórica como narrativa protocolar, renova os engendramentos do sistema colonial e recapitula experiências individuais e coletivas, na relação com este mesmo corpo social. Neste sentido, se somos continuamente e inevitavelmente, definidos e alocados no interior deste movimento de imposição e resistência, propomos considerar o tempo desta experiência como tempo simultâneo.

O exercício que estamos propondo é a reconsideração do cotidiano como categoria filosófica. A simultaneidade pressupõe a percepção de uma temporalidade sincrônica onde o tempo e suas formulações se caracterizam como passado reiterado. O passado e as perspectivas e projeções de futuro coexistem no presente nos processos de reminiscências e insurgências. O paralelo de fatos díspares que se alinham no mesmo espaço-tempo nos possibilita pensar uma compreensão da experiência humana, no espaço da diáspora, como o amalgamado de memória e invenção, como possibilidade de imersão no tempo das narrativas, como tempo presente.

Por isso, nos dispomos aqui a articular a inevitabilidade do presente ao tempo do discurso. Onde, de forma mais específica, as falas de Maria Firmina dos Reis, implícitas em *Úrsula*, atuam em diálogo com as questões levantadas por Djamila Ribeiro em "O que é: lugar de fala?" (2017) – e também com as inquietações laboradas por Lélia Gonzalez (1935-1994) em suas produções e ações. O tempo do discurso é o tempo da narrativa, no qual estamos constantemente indo e vindo, nesta dança entre Cronos[80] e Iroko[81].

O corpo-negra de Firmina, um corpo que se propaga, estende e dilata, sonhando Djamila na interferência do discurso, a incorpora, ao entender que o "objetivo principal ao confrontarmos a norma não é meramente falar de identidades para oprimir ou privilegiar, mas desvelar o uso que as instituições fazem das identidades para oprimir ou privilegiar"[82]. Neste sentido, a própria Djamila Ribeiro, ao formular a coleção "Feminismos Plurais", pondera que divulgar a produção intelectual de mulheres negras é pensar nestas mulheres como sujeitos e seres ativos, que pensam continuamente resistências e reexistências no sentido da coletividade.

Não é sem propósito que Maria Firmina dos Reis espera que o seu *Úrsula* sirva de incentivo a outras "com imaginação mais brilhante, com educação mais acurada, com instrução mais vasta e liberal"[83]. Assim, como não é sem fundamentos que, em *Úrsula*, Firmina desconfie da liberdade concedida a afrodescendentes em um país que se estrutura na prática escravagista[84], e que através de Susana, Úrsula, Luiza B. e Adelaide, adiante preocupações inerentes ao conteúdo feminista, ao sexismo e à misoginia, podendo através delas formular uma crítica à sociedade patriarcal. Maria Firmina dos Reis é de fato uma "autora de seus dias"[85] sendo, simultaneamente, uma mulher deste tempo, tempo presente. Nesta roda de contação, onde estamos sentadas(os) ao pé do baobá, Maria Firmina dos Reis inspira Djamila Ribeiro e esta é capaz de atualizar tanto Firmina quanto Lélia.

No heterogêneo espaço-tempo da invenção e da resistência, onde moram Maria Firmina dos Reis, Lélia Gonzalez, Djamila Ribeiro, Antonieta de Barros, Conceição Evaristo, Sueli Carneiro, Carolina Maria de Jesus, Ana Maria Gonçalves, Lia Ferreira, Miriam Alves, Tia Ciata, Tia Alice do Império Serrano, Joana D´Arc Felix, além de muitas outras, estão englobados distintos tempos do mundo. O tempo da contação, o tempo da rememoração, o tempo do discurso, o tempo da palavra, o tempo da narrativa, o tempo da evocação, é também o tempo constituído no agora. O instante fugaz é, no horizonte deste texto, este tempo sempre investido de passados e impregnado de futuros, que também resiste e escapa irremediavelmente.

> Extraordinário pensar que dos três tempos em que dividimos o tempo – o passado, o presente e o futuro –, o mais difícil, o mais inapreensível, seja o presente? O presente é tão incompreensível como o ponto, pois, se o imaginarmos em extensão, não existe; temos que imaginar que o presente aparente viria a ser um pouco o passado e um pouco o futuro. Ou seja, sentimos a passagem do tempo. Quando me refiro à passagem do tempo, falo de uma coisa que todos nós sentimos. Se falo do presente, pelo contrário, estarei falando de uma entidade abstrata. O presente não é um dado imediato da consciência. Sentimo-nos deslizar pelo tempo, isto é, podemos pensar que passamos do futuro para o passado, ou do passado para o futuro, mas não há um momento em que possamos dizer ao tempo: "Detém-te! És tão belo...!", como dizia Goethe. O presente não se detém. Não poderíamos imaginar um presente puro; seria nulo. O presente contém sempre uma partícula de passado e uma partícula de futuro, e parece que isso é necessário ao tempo[86].

Segundo o *griot* Amadou Hampâté Bâ (2013) a cronologia não é uma grande preocupação dos narradores africanos, quer tratem de temas tradicionais ou mesmo familiares. Nas narrativas africanas o passado é revivido como uma experiência atual de forma quase intemporal, e às vezes pode surgir um estranhamento, certo caos que incomoda os espíritos ocidentais; "mas nós nos encaixamos perfeitamente nele. Sentimo-nos a vontade como peixes num mar onde as moléculas de água se misturam para formar um todo vivo"[87].

O *griot* alerta que quando se fala em tradição africana nunca se deve generalizar, pois não há uma África, um homem africano, uma única tradição africana válida para todas as regiões e todas as etnias. Entretanto, existem constantes: como a presença do sagrado em todas as coisas, as relações entre o mundo visível e o invisível e entre os vivos e os mortos, o sentido comunitário, o respeito religioso pela mãe. Quanto a palavra, ela é constituída de sabedoria e verdade. "Não preciso me 'lembrar', eu o vejo [um traje] em uma espécie de tela de cinema interior e basta contar o que vejo"[88]. Para Amadou Hampâté Bâ, descrever é reviver, e quando se reconstitui um acontecimento, "o filme gravado desenrola-se do início ao fim". Assim, é difícil para um africano de sua geração resumir. O relato se dá em sua totalidade, ou não se faz. A repetição não é, no contexto que descreve, vista como um defeito. As relações que a memória africana mantém com o tempo são distintas e estão profundamente implicadas na maneira como as pessoas se relacionam com a vida, o espaço e a sociedade em que estão inseridas.

Assim como na biblioteca infinita e no *Aleph* de um Borges cosmopolita e colonial, as *griottes* condensam o conhecimento e são capazes de reter os variados tempos do mundo, como se pudessem pegar o tempo com as mãos, e sacudi-lo em suspensão, diante dos olhos de outros. Elas performam o tempo, sendo a incorporação da simultaneidade, a encarnação da palavra. A palavra é. Ela performa sobre os corpos, carrega os rastros daquilo que foi, se conecta com o que será. Constantemente, a palavra é, sempre presente, deslizante e inapreensível. Ela atravessa os tempos, sendo todos eles. As *griottes* como incorporações do conhecimento, como estas que personificam a tradição e a mudança, como frestas, são aberturas no tempo, de onde lemos e interpretamos as Histórias. Esta oralidade é, desta maneira, síntese e dilatação. Tanto o *Aleph* de Borges quanto as *griottes* são condensamento e expansão. Ela é acervo vivo e encarnação da palavra, e como corpo-negra, é testemunho da História. Sua condição de corpo marcado está determinada pela conjunção de experiências temporais díspares.

> O paradoxo consiste, no entanto, no fato de que as totalidades finitas da memória (...) da Biblioteca e do Aleph contêm em si o seu contrário, isto é, o princípio da infinitude. (...) O Aleph é ponto que concentra tudo que há no mundo, em todos os tempos, mas cada uma dessas coisas pode ser dividida *ad infinitum*. E esse paradoxo remete a outro: o paradoxo da própria condição humana[89].

Na cultura original dos povos trazidos de África, onde o conhecimento é a própria palavra, a autenticidade da transferência dentro da cadeia de transmissão é sempre observada. Se para nós a fala é impedida, falar no impedimento é falar considerando o confronto e o esforço. A fala é sempre materialização, da cadência da palavra, do acervo acumulado, da história, e também da invenção. O que se quer dizer é que, como mistos da tradição e da mudança, as *griottes* não são seres estáticos; estão inteiramente ligadas à tradição viva[90], acrescida em cada novo presente pela contribuição das diversas gerações. Deste modo, a *griotte* pressupõe tanto a tradição quanto a mudança, na incorporação das novas experiências. O tempo do discurso, este tempo em suspensão, é memória e atualização. Contar é agir.

Na crepitação das ideias de nossas intérpretes, que entendem a desobediência epistêmica como um processo de tenacidade para fazer ver ideologias subjacentes aos processos autoritários (e seus vários braços), consideramos que o tempo, em movimento embaraçado se impõe no exercício constante de formulação de narrativas e contra narrativas, de imposições e resistências, de apagamentos e recuperações, traduzido em enunciações e transmutações.

O tempo ocidental é, nesta medida, o senhor do blefe. Neste sentido, interpretrar o Brasil seria olhá-lo por um prisma de tempo em jogo, este que pressupõe o outro e se mimetiza sempre na dinamização do presente. Passado e presente se visitam e se frequentam continuamente. Assim, se há um *continuum* que lhe pertence é este, o da visitação.

> Assim, mais do que compartilhar experiências baseadas na escravidão, racismo e colonialismo, essas mulheres partilham processos de resistências. [...]
>
> A pensadora também confrontou o paradigma dominante e em muitos de seus textos utilizou uma linguagem sem obediência às regras da gramática normativa dando visibilidade ao legado linguístico de povos que foram escravizados. Os trabalhos e obras de Gonzalez também têm como proposta a descolonização do conhecimento e a refutação de uma neutralidade epistemológica. Importante ressaltar o quanto é fundamental para muitas feministas negras e latinas a reflexão de como a linguagem dominante pode ser utilizada como forma de manutenção de poder, uma vez que exclui indivíduos que foram apartados das oportunidades de um sistema educacional justo[91].

O papel destas mulheres que tomam posição em suas falas passa a ser o de descer aos porões, passar a mãos nas evidências e as desencavar, pondo-as ao sol, arejando-as. A fim de despertar uma consciência não encarcerada nos limites do alterocídio[92], elas rememoram a cultura, recolhem pistas, observam analiticamente os escombros, os corpos submersos, escutam os cânticos dos escravizados, elaboram sua pilhagem, para então denunciar, rasurar a razão ocidental e se inscrever nesta nova relação com o tempo, o espaço e o outro, agora em uma dupla-inscrição de co-pertença.

Neste sentido, o esforço de refabulação histórica, a partir dos restos que recolhem e do que produzem com esta recolha revela um vasto espelho partido ao longo de um tempo falho, esburacado, de uma cronologia impedida e sequestrada. Elas estão, talvez, a catar os cacos partidos da má sorte e da neurose coletiva. É neste intrincamento de caminhos que estas mulheres, mesmo nas suas diferenças, se encontram e se autorizam, indo e vindo, no espaço-tempo do presente da rememoração contínua, que é o tempo inventivo da resistência, onde lidar com as ausências é um exercício de perlaboração e ação ininterruptos.

No contexto da diáspora, semelhante ao que formula Stuart Hall (2013) com relação ao povo caribenho, no Brasil grupos marginais operam conteúdos a partir dos materiais que lhes são transmitidos pela cultura metropolitana dominante, assumindo tanto um processo de interferência no discurso quanto o de transculturação. Mergulhados na cultura hegemônica, os grupos subalternizados, produtos de uma "zona de contato", se veem em uma perspectiva dialógica, onde assim como o colonizado é produzido o colonizador também o é. Essa lógica binária sobre a qual está fundada a sociedade ocidental desde a colonização está estruturada em fortes pilares, a saber, principalmente, o racismo. Esta concepção de mundo que o projeto autoritário do colonizador definiu, e que a modernidade ocidental introduziu, define a co-presença (de desiguais) mas não a co-pertença, nem considera as diferenças entre os sujeitos anteriormente isolados pelas disjunturas geográficas e históricas. A experiência histórica é acima de tudo uma experiência disjuntiva, onde, como aponta Hall, o colonialismo tentou inserir o colonizado no "tempo homogêneo vazio da modernidade global, sem abolir as profundas diferenças ou disjunturas de tempo, espaço e tradição"[93].

A maneira como o colonizado, ou pelo menos, o escravizado, lidou com tais imposições contou sempre com uma prática de subversão, esta que, por si só, é preenchida de heterogeneidades. Sabemos que o tráfico atlântico de africanos escravizados trazidos para as Américas nos deixou um patrimônio cultural inestimável, mas que não apaga os horrores da travessia do Atlântico nem a violência da escravização, como narra a própria Maria Firmina dos Reis em seu romance, através de Preta Susana, personagem que é a própria incorporação tanto da travessia quanto das dores do período escravista:

A dor da perda da pátria, dos entes caros, da liberdade foi sufocada nessa viagem pelo horror constante de tamanhas atrocidades.

Não sei como resisti – é que Deus quis poupar-me para provar a paciência de sua serva com novos tormentos que aqui me aguardavam.

O comendador P... foi o senhor que me escolheu. Coração de tigre é o seu! Gelei de horror ao aspecto de meus irmãos... os tratos por que passaram, doeram-me até o fundo do coração! O comendador P... derramava sem se horrorizar o sangue dos desgraçados negros por uma leve negligência, por uma obrigação mais tibiamente cumprida, por falta de inteligência! E eu sofri com resignação todos os tratos que se davam a meus irmãos, e tão rigorosos como os que eles sentiam. E eu também os sofri, como eles, e muitas vezes com a mais cruel injustiça.

Pouco depois casou-se a senhora Luisa B..., e ainda a mesma sorte: seu marido era um homem mau, e eu suportei em silêncio o peso do seu rigor[94].

Para além do Atlântico e continuadamente atravessados por ele, oficialmente abolida a escravidão em 1888, muitos dos descendentes de escravizados migraram para as áreas urbanas transformando ainda mais a vida das cidades ao longo do século XX, o que também configurou um forte traço de interferência na vida social e na produção de narrativas. É preciso fazer lembrar que o Estado brasileiro, nascido em 1822, tem responsabilidade direta tanto no processo de escravização quanto nas políticas excludentes do pós-abolição, que inauguram o processo permanente e determinante no qual nos encontramos todos, que é exatamente o de tornar-se livre. A experiência do Atlântico que nos quis inventar é também esta que nos oferece, a partir da dor, os materiais para infindas performances afro-atlânticas, que são a materialização da resistência a partir da dupla-consciência, caracterizando, primeiramente, o lugar a partir do qual falamos:

Sob a chave da diáspora nós poderemos então ver não a raça, e sim formas geopolíticas e geoculturais de vida que são resultantes da interação entre sistemas comunicativos e contextos que elas não só incorporam, mas também modificam e transcendem[95].

Pensando em uma liberdade em construção, como abolição não concluída, imersa em um estado das coisas constituído de reminiscências de períodos escravistas, fundado em uma civilização que se alicerça em técnicas sofisticadas de manutenção da dominação e promove a exclusão, essa parcela marginal da sociedade, a saber, especialmente a mulher negra, a mais marginal dos marginais, tem investido sua inteligência e seu fazer em processos de transmutação dos signos que recalcam a dominação. Um signo transmutado implica em apropriação e mutação, positivada. Conforme verificamos, a marginalidade conta com um alto padrão de empreendedorismo. Segundo Frantz Fanon (2008), "todo povo colonizado – isto é, todo povo no seio do qual nasceu um complexo de inferioridade devido ao sepultamento de sua originalidade cultural – toma posição diante da linguagem da nação civilizadora"[96]. Tanto a apropriação como a transmutação têm servido como elemento estratégico, para, nos termos de Fanon, descolonizar as mentes.

Faz parte deste processo, que se dá através da linguagem, a busca por povoar a mente com novas imagens, no sentido das partituras psicológicas engendradas pelos processos de socialização a que fomos submetidos, para que estas, memórias e imagens, não encontrem apenas no Atlântico traumático o registro de sua consagração batismal. Ancestralidade e materialidade se reconhecem no instante do discurso, conversam nas encruzilhadas deste contratempo e vociferam seus corpos expelidos. Assim, a escrita, as artes e a educação se reconhecem como plataformas possíveis para uma prática, que, justamente, pretende desestruturar a norma, a fim de revelar o que não está normatizado – aquilo que "não serve", "não presta", que está na margem.

Em uma segunda camada de percepção, evidenciam-se suas obras como extensões da vida, na perspectiva de que a vida, para determinados segmentos sociais, só é possível na interferência, na gestão dessa própria vida, no gesto como potência de atuação. O que se encontra no esteio de suas práticas, como propulsoras de seus exercícios sobre o tempo, são, portanto, visões de mundo, para as quais, como operárias deste fazer próprio, elas propõem sobre ele novas ideias, em processos de desfazimentos e construções. É olhando através deste filtro, nas dobras possíveis do tempo, que as falas marginais se visitam subjetivamente, como tendões de uma musculatura em curso, gerada no ventre filosófico de uma gestação negra do mundo pós-navegações.

O mundo escravocrata, patriarcal, eurocêntrico e branco constitui-se como o (não) lugar do (não) compartilhamento, inaugurado sob a episteme da dominação ocidental. No novo mundo duplamente gestado se estabelece o tempo imaginário, suspenso, que o autoritarismo continua a querer encerrar dentro do quadro da imutabilidade. Neste lugar, de tempo estendido, vozes de mulheres distintas se aglutinam em um único corpo, que é sempre político: corpo-palavra, corpo-conceito, corpo-múltiplo, corpo-comunidade, corpo-eco. O corpo de uma mulher negra é um corpo político, a política é feita a partir dele e nele, constantemente.

Assim, a partir de uma leitura de mundo diversa e apoiada em sua constante ressignificação, mulheres negras têm empregado muito de sua energia intelectual (e vital) em uma gestação que se estende para além de seus próprios corpos deslocados, e produzem, a partir da negação, suas respostas a este mundo e neste mundo, que as incorpora e as expele – incorpora como objeto de controle, de trabalho e desejo, e expele negando-lhes o direito à vida.

A longa gestação de uma mente-corpo decolonial, em trabalho de parto em curso, expele de si novos fluidos, sentidos e palavras que pretendem interferir na significação de um real/ não real que está imposto. As gestações negras, geradas no ventre filosófico desta sociedade em disputa, incluem uma grande quantidade de discurso, de repetição, dor e teimosia:

> A notícia de que uma mulher abandonou um recém-nascido no bairro de Higienópolis, em São Paulo, ganhou repercussão. Câmeras de segurança próximas ao local do abandono a flagraram deixando a criança dentro de uma sacola. No dia 7 de outubro de 2015, ela foi identificada e

presa por policiais civis. As imagens da mulher sendo levada pela polícia são de cortar o coração.

Logo choveram comentários nas redes sociais xingando-a de desnaturada, criminosa, quase assassina. Policias posaram para a foto com o bebê, que foi encaminhado para o abrigo.

Não quero de forma alguma dizer que concordo com abandono de crianças. Mas vamos pensar nisso sob outra perspectiva.

A mulher de 37 anos, que é empregada doméstica e fora isso não foi identificada, disse em depoimento à polícia ter parido a criança sozinha no quarto de empregada do apartamento onde trabalha, sem contar aos patrões por medo de ser demitida, porque já é mãe de uma menina de três anos.

As pessoas que julgam e apedrejam essa mulher nem sequer se questionam sobre a violência à qual foi submetida.

[...]

Questiono a ausência do pai nessa situação. Ele também não deve ser responsabilizado pelo abandono? Por que os jornalistas não se preocuparam com ele? E como os patrões não perceberam a gravidez da funcionária?

Num país machista que impõe a maternidade como destino às mulheres, é necessário pensar para além do senso comum.

[...]

Nem preciso comentar o fato de trabalhar nessas condições, de viver num quarto pós-senzala.

[...]

É uma demonstração do quanto as construções sociais privilegiam os homens e criam valores que colocam a mulher num lugar de quase impossível transcendência, para usar um termo de Simone de Beauvoir.

[...]

Quem se responsabiliza pelo desespero dessa mulher? Sim, ela abandonou a filha, mas já havia sido abandonada muito antes pelo pai da criança, pelo Estado e por uma sociedade cruel e hipócrita[97].

Djamila Ribeiro, no blog da Carta Capital de 9 de outubro de 2015, quanto ao trecho acima, faz a seguinte provocação no título de seu texto:

"Quem se responsabiliza pelo abandono da mãe?" Pretende demostrar o quanto as construções sociais privilegiam os homens em detrimento da mulher. Em um país machista, no qual os indivíduos são fortemente atravessados por institucionalidades, o pensamento comum, fruto de uma política de assimilação, aloca a mulher em um lugar de desejável inércia. Em um país racista, no contexto em que as mulheres não possuem autonomia sobre seus corpos, sabemos quais mulheres estão mais sujeitas a abandonarem seus filhos e quais irão morrer por decorrência de abortos mal sucedidos. Quem se responsabiliza por essa mulher quando o Estado a ignora, o pai da criança a abandona e a sociedade está sentada sobre uma nuvem de hipocrisia conivente, e da qual é beneficiária? Quem se responsabiliza por essas mulheres quando a linguagem que elas reconhecem é a rejeição, a omissão, a supressão e o trauma?

> Sei que pouco vale este romance, porque escrito por uma mulher, e mulher brasileira, de educação acanhada e sem o trato e conversação dos homens ilustrados, que aconselham, que discutem e que corrigem, com uma instrução misérrima, apenas conhecendo a língua de seus pais, e pouco lida, o seu cabedal intelectual é quase nulo.
> Então por que o publicas? Perguntará o leitor.
> Como uma tentativa, e mais ainda, por este amor materno que não tem limites, que tudo desculpa – os defeitos, os achaques, as deformidades do filho – e gosta de enfeitá-lo e aparecer com ele em toda parte, mostrá-lo a todos os conhecidos e vê-lo mimado e acariciado[98] (Prólogo).

Maria Firmina dos Reis já propunha interpelações no sentido de refutar uma neutralidade epistemológica, incitando o reconhecimento de outros saberes e a importância de romper com uma premissa de silêncio. O debate sobre as identidades, pelas vozes de intelectuais negras, deseja promover uma reflexão que considere a forma como o poder instituído articula essas identidades de maneira que possa retificá-las e oprimi-las. Considerar o lugar de fala não se resume a uma troca de ideias, a expor uma visão específica ou encerrar uma discussão[99], mas enseja interferir no regime da autorização discursiva. A interrupção desse regime, que uma profusão de vozes trabalha para promover, faz com que essas vozes sejam combatidas, a fim de que se garanta a estabilidade do regime. O que se quer, nas investidas de contenção dessas vozes, é realocar seus portadores em seus lugares de "origem", onde se evidencia que o grupo localizado no poder acredita "não ter lugar", conforme aponta Djamila (2017). Ou faz acreditar que o lugar que ocupam não é fruto de uma ideologia muito bem perpetrada no corpo social. Contra a mudança é que se opõem:

> Nascida em um cativeiro em Swartekill, em Nova York, Isabella Baumfree decidiu adotar o nome de Sojourner Truth a partir de 1843 e tornou-se abolicionista afro-americana, escritora e ativista dos direitos da mulher. Em decorrência de suas causas, em 1851, participou da Convenção dos Direitos da Mulher, na cidade de Akron, em Ohio, nos EUA, onde apresentou seu discurso mais conhecido denominado *E eu não sou uma mulher?*. (...):
>
> Bem, minha gente, quando existe tamanha algazarra é que alguma coisa deve estar fora da ordem. Penso que espremidos entre os negros do sul e as mulheres do norte, todos eles falando sobre direitos, os homens brancos, muito em breve, ficarão em apuros. Mas em torno de que é toda essa falação?
>
> Aquele homem ali diz que é preciso ajudar as mulheres a subir numa carruagem, é preciso carregar elas quando atravessam um lamaçal e elas devem ocupar sempre os melhores lugares. Nunca ninguém me ajudou a subir numa carruagem, a passar por cima da lama ou me cede o melhor lugar! E não sou uma mulher? Olhem para mim! Olhem para meu braço! Eu capinei! Eu plantei, juntei palha nos celeiros e homem nenhum conseguiu me superar! E não sou uma mulher? Eu consegui trabalhar e comer tanto quanto qualquer homem – quando tinha o que comer – e também aguentei as chicotadas! E não sou uma mulher? Pari cinco filhos e a maioria deles foi vendida como escravos. Quando manifestei minha dor de mãe, ninguém, a não ser Jesus, me ouviu! E não sou uma mulher? E daí eles falam sobre aquela coisa que tem na cabeça, como é mesmo que chamam? (uma pessoa da plateia murmura: "intelecto"). É isto aí, meu bem.

O que é que isto tem a ver com os direitos das mulheres ou os direitos dos negros? Se minha caneca não está cheia nem pela metade e se sua caneca está quase toda cheia, não seria mesquinho de sua parte não completar minha medida? Então aquele homenzinho vestido de preto diz que as mulheres não podem ter tantos direitos quanto os homens porque Cristo não era mulher! Mas de onde é que vem seu Cristo? De onde foi que Cristo veio? De Deus e de uma mulher! O homem não teve nada a ver com ele. Se a primeira mulher que Deus criou foi suficientemente forte para, sozinha, virar o mundo de cabeça para baixo, então todas as mulheres juntas, conseguirão mudar a situação e pôr novamente o mundo de cabeça para cima! E agora elas estão pedindo para fazer isto. É melhor que os homens não se metam. Obrigada por me ouvir e agora a velha Sojourner não tem muito mais coisas a dizer[100].

De acordo com Djamila Ribeiro, o discurso acima, feito de improviso na Convenção dos Direitos da Mulher, em Akron (1851), foi registrado por Frances Gages, feminista e uma das autoras do grande compêndio de materiais sobre a primeira onda feminista, "The History of Woman SufFrage". Entretanto, aponta que a primeira versão registrada foi feita por Marcus Robinson no livro "The Anti-Slavery Bugle", em junho de 1851. O que pretendemos ressaltar, a partir desta curadoria de vozes e tempos heterogêneos, é que os papéis sociais das mulheres estão definidos como se o tempo para elas fossem o mesmo. Por decorrência, o esforço de descolonização do conhecimento está profundamente atrelado às interferências propostas por esta gama de vozes que ressoam fundidas. As outras vozes, sensibilidades e saberes que se quer incluir no debate epistemológico são a expressão da "identidade em política", de que fala Walter Mignolo, ao problematizar que o discurso de desenvolvimento mútuo mostra sua face de velho movimento colonial. A importância destas interferências repousa na contestação de papéis instituídos e na incorporação de histórias denegadas:

O que a gente quer dizer é que ela não é esse exemplo extraordinário de amor e dedicação totais como querem os brancos e nem tampouco essa entreguista, essa traidora da raça como querem alguns negros muito apressados em seu julgamento. Ela, simplesmente, é a mãe. É isso mesmo, é a mãe. Porque a branca, na verdade, é a outra. Se assim não é, a gente pergunta: quem é que amamenta, que dá banho, que limpa cocô, que põe prá dormir, que acorda de noite prá cuidar, que ensina a falar, que conta história e por aí afora? É a mãe, não é? Pois então. Ela é a mãe nesse barato doido da cultura brasileira. Enquanto a mucama, é a mulher; enquanto "BA", é a mãe. A branca, a chamada legítima esposa, é justamente a outra que, por impossível que pareça, só serve prá parir os filhos do senhor. Não exerce a função materna. Esta é efetuada pela negra. Por isso a "mãe negra" é a mãe[101].

Quando Lélia Gonzalez reivindica a maternidade negra dentro da sociedade de origem escravista está apontando para dois pontos: primeiro, contestando a marcação de mulheres negras como um corpo exclusivo para o uso, corpo-objeto, uma visão que tem origem no cativeiro/nas senzalas, na violação destas mulheres, e se reconfigura na sociedade pós-moderna de muitas formas; segundo, pleiteando o lugar de originalidade do português falado no Brasil como profundamente marcado pela influência africana, já que é a "mãe" que ensina a criança a falar. Antes mesmo que se tentasse erradicar a experiência afro das formulações acerca da identidade nacional, o falar já estava profundamente marcado pela língua da "mãe", pela oralidade afro. Ainda que exista um investimento profundo em ocultar a cultura africana como uma determinante estrutural da cultura brasileira – esforço que se estende do saber epistemológico às experiências mais cotidianas, na tradução dos processos culturais assimilados – as evidências se fazem presentes. A contestação, como resistência, está investida da exclusão como método.

Na palestra performance "Descolonizando o conhecimento", realizada por Grada Kilomba no Brasil, em 2016, ela ressalta que "algo passível de se tornar conhecimento torna-se toda a epistemologia. Ou seja, um saber que principalmente defende os interesses políticos específicos de uma sociedade branca e patriarcal".[102] Em uma sociedade de herança escravocrata os lugares sociais atribuídos às mulheres, e as mulheres negras, estão definidos a priori. Se voltarmos ao trecho com o qual iniciamos essa seleção de vozes, o texto de Djamila Ribeiro para *o blog* da Carta Capital, e o confrontarmos com as falas de Preta Susana em *Úrsula*, acerca de sua experiência sobre maternidade, vamos atentar para reiterações desconcertantes ligadas pela experiência da desumanização:

> Minha filha sorria para mim, era ela gentilzinha, e em sua inocência semelhava um anjo. Desgraçada de mim! Deixei-a nos braços de minha mãe, e fui-me à roça colher milho. Ah! Nunca mais devia eu vê-la... (...) E logo dois homens apareceram, e amarraram-me com cordas. Era uma prisioneira – era uma escrava![103] (Fala de Susana).

Simone de Beauvoir tem uma frase famosa segundo a qual "ninguém nasce mulher: torna-se mulher"[104]. A questão para muitos é que objetivamente as pessoas nascem machos ou fêmeas, uma concepção de cariz biológico. No entanto, as pessoas tomam consciência de sua condição – racial, social, cultural. Então, podemos dizer que as pessoas se conscientizam negras. Por isso não são escravas, tornam-se escravizadas, como se observa na fala de Preta Susana, no trecho acima extraído do romance de Maria Firmina dos Reis. A linguagem, como mecanismo de manutenção de poder, está diretamente ligada a permanência da narrativa dominante e a permanência da episteme vigente. Deslocar os termos, promover novos debates é nesta medida atualizar o debate epistemológico.

Assim como pontua Djamila Ribeiro, na reflexão acerca do que é "lugar de fala", "o propósito aqui não é impor uma epistemologia de verdade, mas de contribuir para o debate e mostrar diferentes perspectivas"[105]. Neste viés, se dá a importância do Túlio de Maria Firmina dos Reis, que ao anarquizar as expectativas da razão hegemônica, interfere no processo de representação e significação. Stuart Hall (2013) afirma que é por meio de práticas representacionais que a diferença racial ganha significado. É por meio de formas discursivas, repertoriais e através dos regimes de representação, que os lugares sociais são definidos na cultura e por meio dela. A significação está na "diferença", que carrega uma mensagem. "Como o lugar social não determina uma consciência discursiva sobre esse lugar"[106], investir em novas geografias do conhecimento é das ferramentas mais necessárias para a ruptura com um saber forjado no racismo patriarcal heteronormativo estruturante.

No primeiro capítulo de *Úrsula*, sobre o qual já discorremos mais atentamente, Tancredo sofre um acidente com seu cavalo na mata e é socorrido pelo escravizado Túlio, que o leva para a casa de Luíza B.. A tranquilidade descrita nos pormenores de uma natureza perfeita é quebrada pelo abrupto acidente que desvirtua o estado "comum" das coisas. O encontro de Túlio e Tancredo marca o início de uma impensável amizade, na qual o mocinho branco é balizado pelas virtudes do escravizado, numa inversão de lógica. Deste ponto em diante, ao longo de todo o romance a potência da obra revela-se na perspicácia de se apropriar de certa forma estilística, sempre subvertendo-a no cerne de sua criação. O sentimento platônico e contemplativo, próprio de uma existência romantizada, se choca com a pungência da realidade mais abismal traduzida na escravização do homem pelo homem e na retórica da dor.

Em *Úrsula*, há um impeditivo para a experienciação romântica em sua plenitude, já que o lirismo, a ideia de pureza e beleza são obstruídos pelas vivências dos oprimidos, relatadas em primeira pessoa. Evidencia-se um caráter inverossímil à atmosfera de perfeição romântica, quando o leitor pode conferir a imposição de um caráter de infra-humanidade ao que nasceu humano. Neste ponto o conteúdo presente na história passa uma rasteira na forma com que ela é contada, possibilitando um campo de reflexão que não está definido por um caráter normativo.

Para Paul Gilroy, "o terror racial não é meramente compatível com a racionalidade ocidental, mas, voluntariamente cúmplice dela"[107]. O historiador e escritor britânico propõe uma releitura da dialética do senhor e do escravo, na qual se enraízam as alegorias hegelianas da consciência e da liberdade.

Na visão de Gilroy, as formulações de Hegel podem ser usadas para iniciar uma análise que esteja atenta à estreita associação entre a modernidade e a escravidão, considerando esta uma questão conceitual chave para a leitura das sociedades nascidas a partir da experiência atlântica.

Observar a explicação de conflito e as formas de dependência produzidas na relação entre o senhor e o escravo permite compreender questões de brutalidade e terror quase sempre ignoradas pelas narrativas hegemônicas da modernidade. Em contraposição ao racismo científico, que aprisionou o sujeito preto em uma categoria intermediária entre o animal e o homem, o acadêmico propõe uma avaliação crítica das obras de filósofos iluministas como Kant e Voltaire, de caráter concomitantemente racista e antissemita. O que se evidencia irreversivelmente ao considerarmos as reflexões dos professores Paul Gilroy (2001) e Eduardo de Assis Duarte (2018), que abordamos no primeiro capítulo, é que as bases da razão epistêmica ocidental, contra as quais Maria Firmina dos Reis se opôs, dão sustentação ao projeto político do opressor.

Para Djamila Ribeiro (2017), por conta de o modelo valorizado e universal de ciência ser o branco, a consequência dessa legitimação da lógica eurocêntrica produziu no pensamento moderno ocidental a exclusividade do que seria conhecimento válido, e o poder de legitimar e deslegitimar discursos. Além de imaginar esteticamente os caminhos para uma reflexão futura acerca do conceito de "lugar de fala", Maria Firmina dos Reis materializa a afirmativa de que pensar a partir de novas premissas é importante para desestabilizar verdades.[108]

Ao observarmos os personagens negros apresentados por Maria Firmina dos Reis, africanos e afro-brasileiros, entendemos que, embora díspares, e isto evidentemente é um enorme valor da obra de Firmina, Túlio, Susana e Antero, avançam numa perspectiva singular, na medida em que a escrita de Maria Firmina não advoga um lugar para eles nos moldes de uma literatura abolicionista de cunho eurocêntrico e elitista. Ela torna visível o lugar que estes sujeitos ocupam através da autodefinição, da afirmação e do relato, conferindo a eles uma constituição humana e igualitária. Susana, Túlio e Antero não deveriam ser postos em liberdade porque os homens dos novos tempos não mais compactuavam com atrocidades, ainda que acometidas contra seres tidos como inferiores. Em seu romance, eles e os demais que certamente habitavam aqueles campos, deveriam ser postos em liberdade porque nasceram como homens livres, e a barbárie era (é) injustificável.

A carga de protagonismo imposta a estes personagens não apenas caracteriza o pioneirismo da obra como evidencia a importância de romper com a invisibilidade a que grupos marginalizados da sociedade estão constantemente atrelados. Isto importa na medida em que evidenciar as opressões interfere diretamente na cobrança de direitos. Quando, a partir destas reflexões possíveis, dizemos que para alguns grupos viver não é possível fora da militância, ou ainda que, viver é militar, estamos também considerando que "quando pessoas negras estão reivindicando o direito a ter voz, elas estão reivindicando o direito à própria vida"[109]. No momento em que Firmina desnaturaliza a morte, ela também gesta possibilidades de vida, dá materialidade à questão e oportuniza a reflexão acerca do quanto as identidades são fabricadas como alicerces das sociedades coloniais e das relações neocoloniais de poder.

No processo de hierarquização e constituição de estruturas de poder, o imperativo racial tem determinado como a sociedade, as instituições e o Estado, operam sobre os sujeitos subalternizados e suas respectivas culturas. A maneira como os discursos sobre os corpos negros e seus estereótipos são reforçados e perpassados pela cultura, apenas revelam a profunda sedimentação do processo colonial sobre as mentes brasileiras e as relações sociais. Os poderes político e econômico se constituem como campos indissociáveis da racialização dos corpos; e, por que não dizer, da relação entre os corpos? O controle, a repressão e o caráter disciplinar, no contexto de nossa herança patriarcal, se alinham à não-relação, ao não deslocamento social e às vias da ameaça à vida. O direito à vida ou a imposição da morte são temas constantes das experiências negras.

Em Firmina, Túlio choca-se ante a iminência da morte de outra pessoa, justo ele que foi transpassado pelo extermínio durante toda a sua existência. Verificamos que a presença da morte é um fantasma na narrativa de Firmina do início ao fim, o que se torna uma chave de leitura do corpo social no qual estão inseridos os personagens. Quase todas as personagens femininas são levadas à morte, ou assassinadas ou em decorrência de alguma ação direta de seus algozes; a mãe de Túlio morre pelas mãos do comendador, assim como Susana; diversos homens e mulheres negras se lançam no mar durante a travessia do Atlântico, a bordo do navio tumbeiro; Úrsula refugia-se no cemitério; Tancredo e Túlio também são assassinados. O que nos interessa neste ponto é chamar a atenção para o fato de que na sociedade neoliberal produzida pela mente escravocrata, de lógica racista e patriarcal, retratada através da perspectiva de Maria Firmina dos Reis, viver é de fato uma questão de privilégio, já que para além do Atlântico e de 1888, o extermínio é ainda um instrumento de controle com prerrogativas econômicas e políticas.

Para o camaronês Achille Mbembe (2017), este poder que determina sobre os sujeitos quem deve viver e quem deve morrer, transformando exclusão em extermínio, em um processo de exploração existente no seio das relações neoliberais, se apoia no extermínio de grupos que não possuem um lugar no sistema. Na lógica do ensaio de Mbembe, o indivíduo é desprovido de seu caráter político e técnicas e aparatos são meticulosamente planejados para a execução de políticas públicas baseadas na execução e no extermínio. Observa-se que, na intencionalidade do controle dos corpos de determinados grupos sociais, em um engendramento sistêmico, há a redução ao biológico, fazendo com que o sujeito esteja novamente destituído de sua humanidade, tido/ dito como inferior e passível da arbitrariedade e sujeito a morte.

> – Coitado! Dizia ele lá consigo – sua pobre mãe acabou sob os tratos do meu senhor!... e ele, sabe Deus que sorte o aguarda! Pobre Túlio!... (DOS REIS, 2018:165 – Fala de Antero).

— Levem-na! — Tornou acenando para Susana. — Miserável! Preten-
deste iludir-me... saberei vingar-me. Encerrem-na em a mais úmida prisão
desta casa, ponha-se-lhe corrente aos pés, e à cintura, e a comida seja-lhe
permitida quanto baste para que eu a encontre viva.

Susana ouviu tudo isso com a cabeça baixa; depois ergue-a, fitou os
céus, onde a aurora começava a pintar-se, como se intentasse dar à luz seu
derradeiro adeus, e de novo volvendo para o chão, exclamou:

— Paciência![110] (Fala de Fernando P. e Susana).

Djamila Ribeiro (2017) também não desconsidera dados estatísticos
sobre a vida e a morte da população negra, tanto que chama atenção para um
fato amplamente divulgado pelas redes sociais nos últimos anos e também
pela imprensa em campanhas de grupos ligados aos direitos humanos e aos
movimentos negros: a cada 23 minutos um jovem negro é assassinado no
Brasil.[111] Segundo o "Mapa da Violência"[112] de 2015, o assassinato de mulheres negras aumentou em 54%, ao passo que o de mulheres brancas diminuiu
em 9,6%. O mapa de 2018 aponta que, entre 2006 e 2016, a taxa de homicídios de mulheres autodeclaradas negras aumentou 15,4%. Entre mulheres
não negras houve queda de 8%. Quanto aos homens, no correspondente ao
mesmo período de dez anos, no Mapa de 2018, os números apontam que a
taxa de homicídios de indivíduos negros foi de 40,2%, enquanto que a de não
negros foi de 16,0%.

O peso da desigualdade racial indica que, assim como há um processo
de abolição em curso, há um processo reiterado de exclusão e negação de
direitos em andamento, e uma política da morte por vezes perpetrada por órgãos do Estado que deveriam atuar na implementação do bem-estar coletivo,
como as entidades de saúde e de segurança pública (e neste caso sobretudo,
os negros morrem nas duas pontas do sistema). Bem como o constante processo de deslegitimação e supressão deste discurso, que busca evidenciar o
genocídio onde o *locus social* define a violência estatal. Neste caso, em processo renovado os corpos matáveis são os mesmos, à saber, aqueles que não são
brancos, masculinos e cis, e a empatia é seletiva.

Vinte e três mil assassinatos de jovens por ano é um escândalo. A sociedade brasileira, os governos e cada um de nós temos de fazer a nossa parte. (A campanha) Vidas Negras fala do reconhecimento da importância dos jovens negros. Chama à responsabilidade social e política de fazer algo já (...). É um esforço da ONU na direção do reconhecimento de que o Brasil está perdendo uma parte importante da sua população e não está criando oportunidades (...) (Nadine Gasman, representante da ONU Mulheres Brasil, em entrevista ao programa Artigo 5º em 08/02/2018)[113].

Para sedimentar a discussão, lembramos que em 1978 o multiartista, ativista, professor universitário, político e criador do Teatro Experimental do Negro (TEN), Abdias do Nascimento (1914-2011), escreveu seu celebrado livro "O Genocídio do Negro Brasileiro: processo de um racismo mascarado"[114] (2016). De acordo com o professor, o racismo no Brasil é consentido desde os tempos coloniais. Abdias do Nascimento argumenta que neste sistema perverso, mesmo no período que vai do Império até a República, pouco ou quase nada mudou, a não ser pela luta dos próprios pretos. Para ele, desde Palmares até a década de 70, o que se vê é um genocídio reinante e perfeitamente arraigado e autorizado pela sociedade brasileira, na circunscrição do sistema sobre os corpos subalternizados.

Pensar a partir dos lugares de grupos sociais marcados possibilita que a demanda por políticas públicas correspondentes seja constantemente visitada. Falar na primeira pessoa inclui a percepção que se queria antes omitida e ajusta o ângulo da visão, de quem fala e de quem escuta, para fazer ver a sujeira debaixo do tapete. Mas "o lixo fala, e numa boa, é claro"[115]. Ele fala através da máscara do silêncio. Fala aos pés das escadarias, fala, chora e grita apesar da máscara de Flandres social.

Aquela imagem da escrava Anastácia, eu tenho dito muito que a gente sabe falar pelos orifícios da máscara e às vezes a gente fala com tanta potência que a máscara é estilhaçada. E eu acho que o estilhaçamento é um símbolo nosso, porque nossa fala força a máscara (Conceição Evaristo em entrevista à Carta Capital).[116]

Aquela mulher que diariamente tem o corpo violentado pelas opressões sociais é capaz de promover um debate que escape ao regime de repressão discursiva quanto ao que deve e não deve ser dito. Ainda que se insista em uma visão geral e homogênea que compreenda mulheres (e homens), como se negras (e pretos) estivessem inclusos na dinâmica social de forma orgânica, é necessário estancar alguns equívocos: definitivamente, esses grupos não são beneficiários de políticas importantes justamente porque a forma como a opressão (do Estado, das instituições, da sociedade) age sobre seus corpos se dá em uma relação de supressão e falta, e também de compressão, impedimento e aniquilamento. Se uma determinada realidade não é nomeada, ao contrário, é ocultada, as possibilidades de melhoria desta realidade, que apenas existe por decorrência das implicações da sociedade sobre ela, também não existem. É necessário contar as histórias. Desta forma, contar é retomar o percurso da fala, considerando o *locus*. O gesto é não apenas falar a partir de um determinado lugar, mas ainda ocupar os lugares de fala. Guimarães Rosa (2015) vai dizer que as histórias não se desprendem apenas do narrador, mas performam o narrador. Portanto, narrar é resistir.

Segundo Djamila Ribeiro (2017), há uma série de dúvidas (e confusões) em relação ao conceito de "lugar de fala", por isso ela se utiliza de uma série de outras falas de mulheres negras (promove uma pilhagem), intercambiando ideias, se valendo da certeza de que o lugar social que estas mulheres ocupam, e a forma como tiram proveito de sua situação,[117] sedimentam o caminho na compreensão do termo. Afinal, não é de hoje que mulheres negras têm trabalhado no sentido "de restituir humanidades negadas"[118]. Parafraseando a professora universitária Giovana Xavier, ambas trabalham na perspectiva de uma restituição.

Os diversos pontos de partida a partir dos quais as pessoas agem no mundo correspondem às condições sociais que permitem que esses grupos acessem os lugares de cidadania, e em como eventualmente acessam estes lugares. Como explica Collins (1997) quando falamos de pontos de partida, não são as experiências individuais que estão em questão necessariamente, mas as condições que possibilitam o acesso ou o não acesso aos lugares de cidadania.

A própria Maria Firmina dos Reis, ao contrário de outras (poucas) mulheres escritoras da época, agrega profundidade e crítica à produção de seu romance porque está transpassada pelos temas que apresenta. A publicação de *Úrsula* antecede à publicação do poema *Navio negreiro*, de Castro Alves, apenas escrito em 1869, na cidade de São Paulo (quase vinte anos depois da Lei Eusébio de Queirós, que proibiu o tráfico de escravos em 1850). Com isto verificamos ainda o quanto a raça e o gênero servem de corte para estabelecer invisibilidade e apagamento. Neste prisma, consideremos também *A Escrava Isaura*, de Bernardo Guimarães, que para gerar a empatia popular e tornar Isaura símbolo de beleza e docilidade, a personificação da mulher culta aos moldes da época, digna de ser amada e satisfatoriamente compreendida como injustiçada, cria uma Isaura de pele branca. Bernardo Guimarães publica sua "Isaura" apenas em 1875.

As estratégias das quais Maria Firmina dos Reis se utiliza para se opor ao sistema são outras, bebem em outras fontes, observam as paragens a partir de outros lugares, as senzalas. Observa a vida a partir de outro ângulo, criando a partir da impossibilidade, aprendendo com os seus, os mesmos que, das inviabilidades e sobejos comeram feijoada e jogaram capoeira, lavrando a dor com inventividade. Entre o que está autorizado e o que não está autorizado há camadas de agenciamento, sincretismo e engenhosidade. A resistência está repleta de gestos de empreender invenção. Assim, as condições a partir das quais se acessam (ou não) os lugares de cidadania definem a fala, e podem definir a ação.

Em 1847, quando se torna professora, Maria Firmina já apresenta uma postura antiescravista. Ao ser aprovada no concurso para professora de primeiras letras, a nova funcionária pública do Maranhão recusa-se a andar pela cidade de São Luís nas costas de escravos no caminho para receber o seu documento de nomeação. O palaquins era uma espécie de cadeira carregada por escravos e parece ter sido alugada por sua orgulhosa mãe. Na ocasião,

Firmina teria afirmado que os escravos não eram bichos para levar pessoas montadas neles. Anos depois, em 1887, com o movimento abolicionista mais difundido no Brasil, a professora publica um conto ainda mais abertamente crítico em relação à escravidão, já mencionado, chamado "A escrava", onde apresenta a história de uma mulher de classe alta que tenta, sem sucesso, salvar outra mulher, escravizada. No conto, a protagonista chega a dizer que o regime "é e sempre será um grande mal"[119].

O discurso acima coincide com diálogos entre os escravizados Preta Susana e Túlio presentes em *Úrsula*. Esse mal sobre o qual fala, o regime e suas implicações, a própria Maria Firmina dos Reis, precisa enfrentar; ainda que livre, ainda que professora concursada, ainda que escritora, colaborada de jornal, poeta, musicista, empreendedora social, mãe adotiva de órfãos, ainda que professora voluntária de tantos pobres em sua cidade, meninos e meninas, ainda que tendo fundado a primeira escola mista do Brasil, oito anos antes da Lei Áurea. Esta é mesma mulher que morre pobre, desautorizada, silenciada, que deixa transparecer em seus escritos uma solidão profunda, que tem sua obra pulverizada das bases do conhecimento compartilhado, mas que ainda assim insiste em um projeto. Entretanto, o que Maria Firmina dos Reis produziu em vida não alterou na consciência social quem ela era no arcabouço social: uma mulher negra. Ela era em si desestabilização e rasura no tempo, mas a sociedade estava (e ainda está) alicerçada em uma consciência social gerida pelo patriarcado escravocrata sobre o qual falamos, onde a estagnação é uma reminiscência, onde aquele que é configurado como "outro", a ameaça, precisa ser continuamente excretado:

> Os saberes produzidos por indivíduos de grupos historicamente discriminados, para além de serem contra discursos importantes, são lugares de potência e configuração do mundo por outros olhares e geografias[120].

Esses sujeitos que devem ser expelidos do mundo, e os porquês, são facilmente identificáveis no romance de Maria Firmina dos Reis. Se considerarmos atentamente o enredo de *Úrsula*, em suas camadas de textos e subtextos, na forma como suas percepções transbordam da estrutura cingida do romance, vamos atentar para o fato de que o seu olhar enraizado no *locus* social carrega assuntos inerentes às demandas do debate público hoje: o racismo, a pobreza, o sexismo, a misoginia, o feminicídio, para citar alguns exemplos. *Úrsula* torna-se chave de leitura para uma reflexão dos aspectos estruturais de nossa formação social. Por isso mesmo, por ser um singular filtro de observação do Brasil inserido no marcador do século XVIII, a autora tem ganhado *status* de intérprete do país:

> Tradicionalmente, os intelectuais que receberam tal denominação dedicaram-se à construção de grandes e complexas narrativas sobre o processo de formação das realidades nacionais. A recuperação de ideias de autores e autoras consideradas "rebeldes" ou que foram "renegadas" pelas historiografias literárias e do pensamento social brasileiro, no entanto, tem demandado cada vez mais a ampliação e a complexificação da própria noção de "intérprete do Brasil"[121].

Para Djamila Ribeiro, a conceituação ocidental branca do que seria uma intelectual faz com que esse caminho se torne mais difícil para mulheres negras. Na experiência negra, entretanto, é preciso que se diga, o intelectual é aquele que une pensamento à prática, onde estes não são realidades dicotômicas, mas são vistos como instâncias dialéticas, que podem funcionar de forma necessariamente articulada. Afinal, mente e corpo se alinham em uma concepção não ocidental de mundo. Além disso, numa proposição arraigada no ocidentalismo, o corpo está marcado pela diferença, e, nesse sentido, é necessário muito trabalho prático para uma mudança de pensamento. A prática produz o pensamento, na medida em que este corpo está socialmente moldado para o trabalho. Aliás, a produção de pensamento configurada como intelectualidade, para o indivíduo preto, dadas as conjunturas sociais, apenas existe na perspectiva de muito trabalho.

A sensibilidade da intérprete é capaz de observar os sinais de uma sociedade alicerçada sobre as opressões estruturantes e estruturais, que surge para o mundo ocidental a partir da exploração colonial e da lógica do patriarcado. Desta forma ela define, em todos os seus processos e interações, as características da violência, da usurpação, da repressão e do extermínio, podendo reproduzir, em novas configurações do tempo, a lógica do período inicial. Esta sociedade em que Maria Firmina dos Reis decodificou, por exemplo, a violência perpetrada contra a mulher, ainda nos primeiros meses do 2019 brasileiro, foi definida pela *Human Rights Watch*[122] como "epidemia de violência doméstica".

De acordo com dados divulgados em 2017 pelo Núcleo de Estudos da Violência da USP e o Fórum Brasileiro de Segurança Pública foram constatados 4.473 homicídios dolosos, correspondendo a um aumento de 6,5% em relação a 2016, quando foram registrados 4.201 homicídios, sendo 946 feminicídios. De acordo com os órgãos, a pesquisa, no período ainda em aberto, definia que uma mulher era assassinada a cada duas horas no Brasil. O que significa que doze mulheres eram assassinadas todos os dias, em média, em crimes de ódio motivados pela condição de gênero. Em entrevista concedida ao site G1, em março de 2018, Samira Bueno e Juliana Martins, do Fórum Brasileiro de Segurança Pública, afirmaram que "se considerarmos o último relatório da Organização Mundial da Saúde (OMS), o Brasil ocuparia a 7ª posição entre as nações mais violentas para as mulheres de um total de 83 países"[123].

A partir dos estudos realizados nesta área, é preciso considerar que os feminicídios são subnotificados, e que os crimes de ódio contra indivíduos do sexo feminino também correspondem a agressões verbais, físicas e psicológicas. Segundo a Revista Exame de agosto de 2018, também com base nos dados da Organização Mundial de Saúde (OMS), o número de assassinatos no país chega a 4,8 para cada cem mil mulheres. Comparando as evidências da morte como forma de interação brasileira, o Mapa da Violência de 2015 apontava que, entre 1980 e 2013, 106.093 pessoas morreram por sua condição de ser mulher, sendo as mulheres negras ainda as mais violentadas.

> Apesar da Lei Maria da Penha, as mulheres negras continuam sendo assassinadas sem a proteção do estado e sem a proteção do movimento de mulheres. Onde foi que a gente errou? Como nos últimos 10 anos foi possível que o assassinato de mulheres negras aumentasse 54%? (...) A Lei Maria da Penha, que foi uma luta do movimento de mulheres, não impediu um único assassinato das mulheres negras. Muito pelo contrário: os assassinatos, depois da Lei Maria da Penha, continuaram a subir. (...) Nada alivia essa falha, mas o que explica essa falha? A gente precisa falar sobre isso (Jurema Werneck – II Diálogo Nacional sobre Violência Doméstica)[124].

De acordo com a intervenção de Jurema Werneck, da ONG *Criola*, no "II Diálogo Nacional sobre Violência Doméstica", em 2016, 64% das mulheres assassinadas no Brasil são negras e, das 2,4 milhões de mulheres que sofreram violência em 2013, 1,5 milhão são negras. Para a ativista, apesar de a Lei Maria da Penha ser premiada internacionalmente e de a Lei do Feminicídio ser uma inovação jurídica, tais conquistas legais não estão garantindo a proteção das mulheres negras. Ela também contou que a *Criola* e o "Geledés – Instituto da Mulher Negra" denunciaram o governo brasileiro na Organização dos Estados Americanos (OEA) pela "falha": "fomos denunciar a falha do estado brasileiro em proteger a vida das mulheres negras".

Quando, neste janeiro de 2019, a ONG *Human Rights Watch* divulgou os resultados de um relatório anual sobre os problemas no respeito aos direitos humanos em noventa países, classificou a morte de mulheres no Brasil como uma epidemia[125]. José Miguel Vivanco, diretor da instituição para a divisão das Américas acrescenta que a polícia não investiga devidamente milhares de casos de agressões, de maneira que muitos dos responsáveis não são processados. Aponta ainda que, no final de 2017, mais de 1,2 milhão de casos estavam pendentes nos tribunais. Nos últimos meses, temos verificado com tremor o lastrar dessa epidemia pelos noticiários diários. De acordo com o estudo, há um problema de violência generalizada contra as mulheres no Brasil. É fundamental, portanto, pensar que, a partir de uma proposição analítica particular Maria Firmina dos Reis enxergou, lá em 1859, as nuances da sociabilidade brasileira que sustentavam as práticas da vida em comum, e a partir do seu posto de observação entendeu as palavras de Audre Lourde, "não sou livre enquanto outra mulher for prisioneira, mesmo que as correntes dela sejam diferentes das minhas", e assim incluiu em seu projeto estético-político outras vítimas da opressão patriarcal, mulheres brancas e alguns cúmplices da liberdade.

Lamentavelmente, podemos dizer que no Brasil há uma epidemia de violência doméstica, que não é suficientemente abordada, protegida, atendida pela parte do Estado.

(Miguel Vivanco, diretor da divisão das Américas da *Human Rights Watch*, para o jornal "Bom Dia Brasil" da TV Globo).

– Dois anos eram já passados sobre os tristes acontecimentos, que narramos, e ninguém mais na província se lembrava dos execrandos fatos do convento de *** e da horrenda morte de Tancredo. A justiça, se a pintam vendada, completamente cega ficou, e os assassinatos do apaixonado mancebo e do seu fiel Túlio impunes.

E o sudário do esquecimento caíra sobre eles; porque a lousa do sepulcro os tinha encerrado para sempre!

E as pesquisas da justiça cansaram de mistérios e tergiversações e também foram abandonadas[126].

No romance, o trecho acima relaciona-se diretamente às mortes de Tancredo e Túlio, que são assassinados por Fernando F. para impedir o casamento do mocinho com a sobrinha Úrsula, com quem intenciona unir-se e a quem sequestra. A ação de Fernando F. movida por seu autoritarismo doentio também leva às mortes da própria Úrsula e de Preta Susana. Neste e em outros acontecimentos do romance podemos observar a violência a que os personagens femininos estão submetidos justamente pela condição de serem mulheres no seio da sociedade colonial. Uma violência que se materializa em Úrsula em níveis verbais, físicos e psicológicos, chegando até ao assassinato.

Úrsula, Luiza B., a mãe de Tancredo e Adelaide estão submetidas a esta situação na condição de mulheres brancas, enquanto que a mãe de Túlio e Susana enfrentam a condição (adicional) de serem mulheres e negras. Tancredo e Túlio também acabam tornando-se vítimas dos crimes cometidos contra estas mulheres. Primeiramente, Túlio sendo um escravizado precisa conviver com as atrocidades cometidas contra as mulheres negras no cativeiro, inclusive com o extermínio de sua própria mãe. Depois, vai morrer tentando defender Úrsula da perseguição do tio, que pretende "obtê-la", ainda que obrigada. Já Tancredo, torna-se vítima por conviver com o sofrimento da mãe, bem como com as violências que esta sofre dentro do casamento, e depois, por ser assassinado, por amor e proteção de Úrsula, ao enfrentar o tio tirano, que toma as mulheres e os escravizados por objetos.

Susana, no entanto, como africana, através de suas memórias sobre seu continente como lugar de origem, apresenta uma vida livre, narra sua relação com outras mulheres e fala amorosamente de seu marido. A escravizada conta sobre os seus dias de trabalho, as praias e os campos. Segundo ela, não havia mulher mais "ditosa"[127] do que ela. As palavras de Susana acerca da vida da qual foi arrancada nos orientam na compreensão de uma outra possibilidade de ser mulher. No entanto, estamos falando de uma Susana livre e não de uma Susana negra, esta que compartilhará da mesma dor que vivenciava a mãe de Tancredo, que não sabemos se africana ou se afro-brasileira – mas ambas escravizadas. Aqui, há ainda outra evidência: a de que esta outra possibilidade de ser uma mulher negra, que surge na liberdade original, também apresenta uma possibilidade de existência fora da solidão. Ao contrário, em *Úrsula*, não apenas Susana, mas os demais personagens pretos não apresentam nenhum traço de sexualidade. E também isto pode ser uma tentativa de desconstrução de um tropo, que acaba por expor uma das muitas camadas de subjetividades que estão fortemente marcadas na população negra pela experiência da escravização e pela visão de mundo colonial.

É partindo da violência desta nova realidade que se apresenta a Preta Susana, que ela narra em tons de autobiografia, as lembranças da captura em África, a concretude do pavor absoluto traduzido na experiência do navio tumbeiro, a violência abissal de ser tornado escravo e fixado como objeto e como mercadoria em terra estranha. No nono capítulo, que ganha seu nome, provavelmente o mais conhecido da obra de Firmina, a escrita da autora se assemelha a um documento, como os das narrativas de escravizados que se tornaram conhecidas do público, tamanha a riqueza de detalhes e do aflitivo da denúncia que sua imaginação é capaz de elaborar, ou que, talvez, a sua capacidade de escuta, a partir da recolha das narrativas orais a que teve acesso, é capaz de reter. Ou ambos, intercambiados em um constante processo de mediação cultural, em um investimento de recolha e seleção e atualização imaginativa. O tempo como sendo este que ela pode segurar com as mãos, arquivando através da linguagem um registro que vai da ficção à "verdade", sem se importar como sendo um ou outro.

No capítulo "A Preta Susana", Maria Firmina dos Reis abandona o narrador onisciente para assumir uma primeira pessoa onde Susana narra a captura, os terrores de estar em um navio tumbeiro, a vida/morte no cativeiro. Este capítulo é constituído por uma conversa entre Susana e Túlio, e, em meio ao universo de suas personagens femininas, Firmina fabula uma Preta Susana com traços de *alter ego*. Desta forma, sem fazer nenhuma subscrição mais precisa quanto às distinções entre as personagens, adiciona a mulher negra ao contexto de desfavorecimento e de vítima do assédio permanente do poder patriarcal sobre as mulheres, considerando tanto a particularidade da conjuntura quanto a individualidade de Susana:

> Vou contar-te o meu cativeiro. Tinha chegado o tempo da colheita, e o milho e o inhame e o amendoim eram em abundância nas nossas roças. Era um destes dias em que a natureza parece entregar-se toda a brandos

folgares, era uma manhã risonha, e bela, como o rosto de um infante, entretanto eu tinha um peso enorme no coração. Sim, eu estava triste, e não sabia a que atribuir minha tristeza. Era a primeira vez que me afligia tão incompreensível pesar. Minha filha sorria-se para mim, era ela gentilzinha, e em sua inocência semelhava um anjo. Desgraçada de mim! Deixei-a nos braços de minha mãe, e fui-me à roça colher milho. Ah, nunca mais devia eu vê-la. Ainda não tinha vencido cem braças do caminho, quando um assobio, que repercutiu nas matas, me veio orientar acerca do perigo eminente que aí me aguardava. E logo dois homens apareceram, e amarraram-me com cordas. Era uma prisioneira — era uma escrava! Foi embalde que supliquei em nome de minha filha, que me restituíssem a liberdade: os bárbaros sorriam-se das minhas lágrimas, e olhavam-me sem compaixão. Julguei enlouquecer, julguei morrer, mas não me foi possível... A sorte me reservava ainda longos combates. Quando me arrancaram daqueles lugares, onde tudo me ficava — pátria, esposo, mãe e filha, e liberdade! Meu Deus, o que se passou no fundo da minha alma, só vós o pudestes avaliar!... Meteram-me a mim e a mais trezentos companheiros de infortúnio e de cativeiro no estreito e infecto porão de um navio. Trinta dias de cruéis tormentos, e de falta absoluta de tudo quanto é mais necessário à vida passamos nessa sepultura, até que abordamos às praias brasileiras. Para caber a mercadoria humana no porão fomos amarrados em pé, e, para que não houvesse receio de revolta, acorrentados como os animais ferozes das nossas matas, que se levam para recreio dos potentados da Europa: davam-nos a água imunda, podre e dada com mesquinhez, a comida má e ainda mais porca; vimos morrer ao nosso lado muitos companheiros à falta de ar, de alimento e de água. É horrível lembrar que criaturas humanas tratem a seus semelhantes assim, e que não lhes doa a consciência de levá-los à sepultura asfixiados e famintos! Muitos não deixavam chegar esse último extremo — davam-se a morte. Nos dois últimos dias não houve mais alimento. Os mais insofridos entraram a vozear. Grande Deus! Da escotilha lançaram sobre nós água e breu fervendo, que escaldou-nos e veio dar a morte aos cabeças do motim. A dor da perda da pátria, dos entes caros, da liberdade fora sufocada nessa viagem pelo horror constante de tamanhas atrocidades. Não sei ainda como resisti — é que Deus quis poupar-me para provar a paciência de sua serva com novos tormentos que aqui me aguardavam[128].

Se para Hegel a África não fazia parte da história do mundo, Firmina a inseriu, mostrando que seu "movimento natural" é que foi assaltado pelo colonizador. A partir de Susana imprime uma escrita que pensa na condição da diáspora, onde a África é, na verdade, a pátria. A atitude de clara recusa ao esquecimento de suas raízes e memórias, evidenciada em trechos do capítulo "A Preta Susana", assenta a dupla-consciência pontuada por Paul Gilroy (2001), onde Susana é o elo vivo com a memória ancestral e portadora da contestação histórica, uma espécie de *griotte*. No imbricamento com *Úrsula*, pensar o "lugar de fala" é enxergar, potencializar e fazer eco na desarticulação do sistema que autoriza a exclusividade do discurso único e que invisibiliza outras narrativas para reprimir humanidades. Contar uma única história é apagar verdades. Além disso, é reduzir toda a complexidade de uma pessoa e de um grupo, de seus contextos históricos, culturais e sociais, a um único aspecto. Em uma conferência realizada em 2009, chamada Global TED (Technology, Entertainment, Design) a escritora Chimamanda Ngozi Adiche falou sobre "o perigo da história única":

> Eu venho de uma família nigeriana convencional, de classe média. Meu pai era professor. Minha mãe, administradora. Então nós tínhamos como era normal, empregada doméstica, que frequentemente vinha das aldeias rurais próximas. Então, quando eu fiz oito anos, arranjamos um novo menino para a casa. Seu nome era Fide. A única coisa que minha mãe nos disse sobre ele foi que sua família era muito pobre. Minha mãe enviava inhames, arroz e nossas roupas usadas para sua família. E quando eu não comia tudo no jantar, minha mãe dizia: "Termine sua comida! Você não sabe que pessoas como a família de Fide não tem nada?" Então eu sentia uma enorme pena da família de Fide. (...) Então, num sábado, nós fomos visitar a sua aldeia e sua mãe nos mostrou um cesto com um padrão lindo, feito de ráfia seca por seu irmão. Eu fiquei atônita! Nunca havia pensado

que alguém em sua família pudesse realmente criar alguma coisa. Tudo que eu tinha ouvido sobre eles era como eram pobres, assim havia se tornado impossível pra mim vê-los como alguma coisa além de pobres. Sua pobreza era minha história única sobre eles. Anos mais tarde, pensei nisso quando deixei a Nigéria para cursar universidade nos Estados Unidos. (...) Minha colega de quarto americana ficou chocada comigo. Ela perguntou onde eu tinha aprendido a falar inglês tão bem e ficou confusa quando eu disse que, por acaso, a Nigéria tinha o inglês como sua língua oficial. Ela perguntou se podia ouvir o que ela chamou de minha "música tribal" e, consequentemente, ficou muito desapontada quando eu toquei minha fita da Mariah Carey. Ela presumiu que eu não sabia como usar um fogão. O que me impressionou foi que: ela sentiu pena de mim antes mesmo de ter me visto. Sua posição padrão para comigo, como uma africana, era um tipo de arrogância bem intencionada, piedade. Minha colega de quarto tinha uma única história sobre a África. Uma única história de catástrofe. Nessa única história não havia possibilidade de os africanos serem iguais a ela, de jeito nenhum. Nenhuma possibilidade de sentimentos mais complexos do que piedade. Nenhuma possibilidade de uma conexão como humanos iguais[129].

Provavelmente a amiga de Chimamanda também imaginou as mulheres africanas dentro de contextos de inferiorização e sexualização, correlacionados à selvageria, à barbárie e à incapacidade para os fins de subjugação. Considerando o pensamento comum, um outro aspecto que chama atenção, em contraposição a este, é a forma como Firmina descreve Preta Susana. Além de identificarmos em Susana uma forte personalidade e inteligência, a caracterização física da personagem em questão se distingue das constantes representações erotizantes, comuns aos personagens femininos pretos do período e que definirão todo um sistema consequente de produção de estereótipos que ligam a mulher negra brasileira à mulata sexualizada, à mãe negra ou à empregada. Firmina opta por retratar a figura da mulher idosa e a descreve como sem atributos físicos ou encantos, pelo menos não os visíveis, induzindo, em uma simples descrição desprovida de riqueza de detalhes, uma fruição que passa pelos sentimentos de angústia e sofrimento, evidenciando esse corpo como corpo de exploração, um corpo gasto:

> Susana chamava-se ela; trajava uma saia de grosseiro tecido de algodão preto, cuja orla chegava-lhe ao meio das pernas magras e descarnadas como todo o seu corpo: na cabeça tinha cingido um lenço encarnado e amarelo, que mal lhe ocultava as alvíssimas cãs.
> Túlio estava ante ela com os braços cruzados sobre o peito. Em seu semblante transparecia um quê de dor mal reprimida, que denunciava o seu profundo pesar[130].

No artigo "Intelectuais negras", bell hooks (1995) alerta para o fato de que as mulheres negras são construídas enquanto sujeitos sociais ligadas ao corpo e não à intelectualidade. Em contextos racistas, o discurso hegemônico ajusta-se aos estereótipos, ligados principalmente à representação de mulheres, mas também de homens pretos, no sentido de conter o significado atrelado aos corpos marcados pela diferença. Stuart Hall (2016), ao discorrer sobre o que chama de "a encenação do outro" afirma que, na tentativa de racializar o outro, as diferenças socioculturais entre as populações estão integradas à identidade do corpo individual visível, num subterfúgio de tornar inquestionável a clivagem sócio-humana. Neste contexto, um "exemplar" traduz toda a "espécie", assim como "as partes" (do corpo) significam o todo na impositiva do fetiche.

A visualidade torna-se a evidência da articulação entre natureza e cultura em uma relação determinista entre o biológico e o social. A representação do "outro" através do corpo, portanto, torna-se o campo discursivo por excelência, onde a prática de naturalizar a diferença é parte integrante das políticas racializadas que a constituem. De acordo com Hall, compreender a lógica estreita entre cultura e representação no contexto imperialista, é uma questão de pensar que "se as diferenças entre negros e brancos são "culturais", então elas podem ser modificadas e alteradas. No entanto, se elas são naturais – como "acreditavam" os proprietários de escravos – estão além da história, são fixas e permanentes. A "naturalização" é, portanto, uma estratégia representacional que visa fixar a 'diferença' e, assim, ancorá-la para sempre"[131]. É a desculpa perfeita para os desejos econômicos europeus na prospecção da acumulação de capital, além da tara/fascínio/rejeição ocidental pelo outro e do desejo de controle do que definem como "diferença".

A contribuição de Hall faz ver o quanto a tentativa de conter o "deslizar" do significado e assegurar o "fechamento" discursivo e "ideológico" é recorrente. Os diferentes discursos que atuam em nossa sociedade "são uma forma de degradação ritualizada"[132]. Assim, existem diversos vestígios da estereotipagem na cultura contemporânea que nos atravessam e, na contingência, há também uma constante vigilância e preocupação com a forma como os sujeitos pretos têm sido reiterados pelas artes e pelos meios de comunicação, através de uma constante visitação do discurso inaugural. Afinal, estes têm sido braços importantes através dos quais o projeto imperial ganha o meio popular e se fortalece, na forma da assimilação. Nesse sentido, a "patrulha" que atua na contenção e na perspectiva da produção de discursos contra-hegemônicos e não eurocêntricos é tão atual quanto Maria Firmina dos Reis, que, ao imaginar sua Preta, lhe oferece traços contrários às expectativas.

A breve descrição supracitada de Susana contrasta com a força de sua fala e intensifica seus efeitos. A ela, soma-se uma inquietação das mais desconcertantes do romance: Susana parece desacreditar da liberdade possível aos descendentes de escravizados em uma terra onde estes já nascem marginalizados. Haverá liberdade para os sujeitos pretos em um país marcado pelo colonialismo escravocrata de bases eurocêntricas? – esta parece ser a pergunta implícita presente no capítulo, e a considerar pelo conto "A escrava", que já apontamos antes, sendo recorrente na produção literária da autora.

Na estruturação da escrita, primeiro Firmina insere a descrição de Susana, que se torna sinal visual do "corpo para o uso", um corpo desgastado pelos horrores da escravização, e, em contraste com a fala, insere a revelação de Túlio, que conta acerca de sua alforria pelas mãos de Tancredo. É então que, enquanto conquista, nas falas subsequentes, Susana relativiza a "liberdade" sobre a qual Túlio fala. Susana é, como se percebe um signo: é a geração (as gerações) consumida (s). Túlio é a possibilidade, a promessa de futuro. Ao que Susana lança um ponto de interrogação: "tu livre?"[133]. É livre de fato este Túlio outorgado?

Nesse contexto, Susana prossegue, contando de sua liberdade plena em África. Comparada à liberdade que a mulher gozou em África – a liberdade de estar imersa em sua própria terra e cultura, de estar totalmente desconexa da razão negra ocidental e da exclusão –, a "liberdade" recebida pelo alforriado, ou pelos libertos de um cativeiro de trezentos anos, seria "liberdade" realmente? Destacam-se ainda os prenúncios de dor e de morte que saem da boca de Susana, que ao analisar a tal liberdade "concedida" a Túlio vislumbra o perigo. A cativa demonstra preocupação com as condições sob as quais Túlio viveria a partir de então. Ao mesmo tempo em que contextualiza, problematizando a questão, as falas dos personagens Susana e Túlio conferem extremo valor à liberdade.

> – Tu! tu livre? ah não me iludas! – exclamou a velha africana abrindo uns grandes olhos. Meu filho, tu és livre?...
>
> – Iludi-la! – respondeu ele, rindo-se de felicidade – e para quê? Mãe Susana, graças à generosa alma deste mancebo sou hoje livre, livre como o pássaro, como as águas; livre como o éreis na vossa pátria.
>
> Estas últimas palavras despertaram no coração da velha escrava uma recordação dolorosa; soltou um gemido magoado, curvou o fronte para a terra, e com ambas as mãos cobriu os olhos.
>
> Túlio olhou-a com interesse; e começava a compreender-lhe os pensamentos.
>
> (...)
>
> Liberdade! liberdade... ah! Eu a gozei na minha mocidade! – continuou Susana com amargura (...)[134].

> A velha deixou o fuso que fiava, ergueu-se sem olha-lo, tomou o cachimbo, enche-o de tabaco, acendeu-o, tirou dele algumas baforadas de fumo, e de novo sentou-se: mas desta vez não pegou no fuso.

Fitou os olhos em Túlio, e disse-lhe:

— Onde vais, Túlio?

— Acompanhar o senhor Tancredo de *** — respondeu o interpelado.

— Acompanhar o senhor Tancredo! — Continuou a velha com acento repreensivo. — Sabes tu o que fazes? (...)

— Meu filho, acho bom que não te vás. Que te adianta trocares um cativeiro por outro! E sabes tu se aí o encontrará melhor? (...)

— Oh! Quanto a isso não, mãe Susana — tornou Túlio — A senhora Luísa B... foi para mim boa e caridosa, o céu lhe pague o bem que me fez, que eu nunca me esquecerei que poupou-me os mais acerbos desgostos da escravidão, mas quanto ao jovem cavaleiro, é bem diverso o meu sentir; sim bem diverso. Não troco cativeiro por cativeiro, oh não! Troco escravidão por liberdade (...)[135].

Através da relação de proximidade que existe entre Túlio e Susana, para além da referência direta à África, Maria Firmina incorpora outros sinais da cultura africana que se traduzem na ancestralidade como pilar de sustentação. Caracterizam-se em Susana tanto aspectos do matriarcado quanto da griotagem, estes que a distinguem completamente dos demais escravizados que possuem relevância na trama. Entre a positividade, a ingenuidade e a bondade do jovem afro-brasileiro (Túlio) e a decadência e desesperança do velho africano (Antero) está Preta Susana, que, para Túlio, é Mãe Susana. Ela revela-se como sendo a figura *griotte* daquele universo, aquela que contêm em si diversos tempos do mundo, e que, pela sabedoria acumulada e a força que possui, pontua ações, interfere na narrativa, faz comentários de cunho moral e alinha o passado-presente-futuro na contação e na previsão do virá, tensionando e adensando a história.

Em determinados momentos da narrativa, Susana é nomeada como Preta Susana, mas em outros ela surge como "Mãe Susana". Para nós, no contexto da cultura racializada, o "mãe" ao se acoplar ao nome de Susana, considerando não haver no romance nenhuma referência à religião de matriz africana e à profusão de referências à moral cristã existentes na obra, pode causar certo incômodo. Isto exatamente por carregar a força emblemática da estereotipagem sobre a qual discorremos. Em um sistema de representação perpassado pela opressão simbólica e costurado ao nosso imaginário coletivo, a mãe negra é a "Bá". Geralmente, a velha escrava atrelada à subserviência natural, à devoção e fidelidade aos brancos, ao carinho à casa-grande, ao amor para com às crianças da casa-grande, numa relação sempre representada, por interlocutores brancos, como de muita satisfação, cumplicidade, afeição e cuidado de ambas as partes, sem violência ou arbitrariedades. A querida "Bá" é também portadora de dotes culinários e de conhecimentos ligados à natureza e às ervas, porém conhecimentos que não se constituíam efetivamente como sabedoria. O que queremos dizer é que, nesse sentido "Bá" indica a função e o lugar que o sujeito deveria ocupar no mundo. Nas sociedades do pós-abolição, elas se tornaram as empregadas que "são quase da família", são quase da casa, são quase amadas.

No entanto, ainda que em parte da fortuna crítica a que tivemos acesso, Susana apareça muitas vezes descrita como "Mãe Susana", queremos descolá-la deste tropo de possível leitura elitista. É, especialmente, Túlio quem a nomeia desta forma, como sendo "a mãe". No âmbito descrito se justifica ele chamá-la desta forma. Primeiro porque há afeto entre os personagens, construído nas bases de uma relação efetiva entre ambos. Segundo porque Susana é a senhora mais velha, símbolo da experiência, a voz da sabedoria, a expressão do tempo, sendo também o elo entre a diáspora e a terra de origem. Susana é a biblioteca sobre a qual fala Hampâté Bâ (2003), o elo perdido quando de sua supressão. A terceira questão a se considerar é a circunstância que aproxima os personagens: quando a mãe biológica de Túlio é assassinada por Fernando F., Susana passa a cuidar de Túlio, ainda menino. Mesmo no cativeiro, ela toma essa responsabilidade para si, da mesma forma que as *griottes* são aquelas que gerenciam os problemas existentes na comunidade. Trata-se de um aspecto marcante da cultura africana a criança ser cuidada pela aldeia. Ela é responsabilidade da coletividade e não apenas dos pais. Túlio, de fato, tem propriedade para chamar Susana de mãe, porque ela, de fato, ocupa esse lugar para ele.

Susana, ao resgatar as memórias de África carrega o romance de saudosismo do passado. Para ela, o passado está em África, a realidade está em África. O depois é dor, torpor, anestesiamento. Essa verdade histórica que Susana apresenta na forma da contação se revela como importante forma de transmissão de conhecimento. No segundo capítulo, Túlio, ao falar de si para Tancredo, da vivência como um homem escravizado, da saudade que sente, faz menção a uma pátria original. Mas como Túlio poderia saber como era a África antes dos invasores, senão pela cultura oral?

> Nas asas do pensamento o homem remonta-se aos ardentes sertões da África, vê os areais sem fim da pátria e procura abrigar-se debaixo daquelas árvores sombrias do oásis, quando o sol requeima e o vento sopra quente e abrasador: vê a tamareira benéfica junto à fonte, que lhe amacia a garganta ressequida: vê a cabana onde nascera, e onde livre vivera![136].

Desta forma, o conjunto dos personagens pretos apresentados por Firmina vai se impondo através de suas próprias visões de mundo, e apesar de não serem oficialmente os protagonistas da história, acabam tornando-se figuras chaves e trazem densidade à trama, confirmando a noção de que para Firmina esses sujeitos são desde sempre centralidade. Seu ponto de vista se atrela aos ideais de liberdade, igualdade e fraternidade, que funcionam como um convite ao "novo", onde a perspectiva iluminista da fraternidade inclui o escravizado, considerando a "expectativa" de que a recusa do homem branco em reconhecer "do ponto de vista do outro"[137], a pessoa negra, seria revista. Nesse universo de luta por liberdade e igualdade, a autora parece ser vanguarda em uma luta feminista de cunho interceccional que muitas mulheres travaram em atos políticos e poéticos que ocorreram em cidades do Brasil contra a cultura do estupro, o machismo e a misoginia e onde bradavam um cântico coletivo que se repetiu em muitas marchas, cirandas e encontros: "Companheira me ajude, que eu não posso andar só. Eu sozinha ando bem, mas com você ando melhor"[138].

> O termo [interseccionalidade] demarca o paradigma teórico e metodológico da tradição feminista negra, promovendo intervenções políticas e letramentos jurídicos sobre quais condições estruturais o racismo, sexismo e violências correlatas se sobrepõem, discriminam e criam encargos singulares às mulheres negras. Conforme dissemos, é o padrão colonial moderno, o responsável pela produção dos racismos e sexismos institucionais contra identidades produzidas durante a interação das estruturas, que seguem atravessando os expedientes do direito moderno discriminadas a dignidade humana e as leis antidiscriminação[139].

Maria Firmina dos Reis traz uma nova dimensão de entendimento acerca das peças constituintes do colonialismo escravocrata ao identificar outro tipo de opressão que se acopla às engrenagens da estrutura patriarcal, aquela que é cometida contra as mulheres no espaço da casa e em sociedade. As opressões intercambiadas na premissa do ser mulher e negra certamente faz com que Firmina tenha um olhar sensível à questão e insira ao caráter de reflexão, através de suas personagens brancas, a realidade das famílias senhoriais, onde o homem está ligado a atributos de tirania e não de gestão e zelo familiar, como constantemente são retratados, e analogicamente as mulheres sofrem as implicações da diferença sexual (também definida pelo corpo como um marcador para a sujeição). Os homens brancos de Firmina matam, coagem, submetem as mulheres, os filhos, abusam, traem, cometem todo tipo de abuso e arbitrariedade, são vis, desumanos, sórdidos. Em suma, eles parecem ser a incorporação e a representação do mal.

> – Oh! Minha pobre mãe! – exclamei reconhecido – perdoai-me! Então ela sorriu, porém seu sorriso era amargo e tenro a um tempo!
> Ah! Ela temia seu esposo, respeitava-lhe a vontade férrea; mas com uma abnegação sublime quis sacrificar-se por seu filho[140] (Fala de Tancredo).

O romance *Úrsula*, mesmo isolado das ações do movimento feminista, do Brasil de Lélia Gonzalez, por exemplo, incorpora em si, como a força motriz que o anima, o próprio desejo e a energia do movimento, os fluidos vitais para esta vida distinta, que os próprios movimentos, o feminista e o negro feminista, fazem explodir, como interpretação de mundo, intervenção e como potência de transformação. A partir do viés interseccional, é fundamental a visão de que as mulheres experimentam a opressão em configurações variadas e em diferentes graus de intensidade. Padrões culturais de opressão não só estão interligados, mas também estão unidos e influenciados pelos sistemas intersecionais da sociedade. Exemplos disso incluem: raça, gênero, classe, capacidades físicas/mentais e etnia.

O feminismo interseccional diz respeito à ´intersecção´ das diversas opressões: de gênero, raça e classe social. Pensar considerando este lugar interseccional gera o entendimento de que as diferenciações entre as mulheres enquanto sujeitos sociais atrelados a um sistema de poder político e organizacional da coletividade produzem diferentes estados de apreensão da opressão que se impõe sobre elas. Desta forma, sendo mulher e negra e de origem popular não é possível descartar a reflexão de um tipo de opressão para observar os efeitos isolados de uma outra, já que as implicações sobre corpos distintos são específicas, mas aqui estão ligadas. Nesse caso, elas agem de forma intercambiada sobre os corpos femininos pretos. Mas também, na visão interseccional, uma dor não desautoriza a outra. O projeto de uma caminhada juntas, agindo possibilidades de reversão de um quadro sinistro, na perspectiva de que a separação sempre foi uma das estratégias do colonizador. A diferença nunca acreditou na diferença, entende que a alteridade é uma característica fundamental do pensamento humano.

Ao evidenciar a ênfase direcionada a dimensão racial (quando se trata da percepção e do entendimento da situação das mulheres no continente) tentarei mostrar que, no interior do movimento, as negras e as indígenas são as testemunhas vivas dessa exclusão. Por outro lado, baseada nas minhas experiências de mulher negra, tratarei de evidenciar as iniciativas de aproximação, de solidariedade e respeito pelas diferenças por parte de companheiras brancas efetivamente comprometidas com a causa feminina. A essa mulheres-exceção eu as chamo de irmãs[141].

Não há uma única visão de mundo que abarque todas as mulheres, assim como pensar coletivamente não desconsidera individualidades. Imaginar, por exemplo, que as dores das mulheres negras são completamente iguais porque estas estão atreladas a uma mesma condição racializada, é reduzir as possibilidades dos lugares de fala, na reprodução de uma lógica colonizadora que quer homogeneizar e cristalizar a forma e o sentido das coisas para controlar seus significados. Isto seria enveredar por uma lógica absolutista da diferença cultural, assim como de uma noção culturalista de raça e etnia, ignorando as profundas distinções existentes entre as mulheres, que, mais uma vez, dizem respeito as suas diversas experiências e ao contexto histórico-social em que estão inseridas.

O compartilhamento de visões de mundo não implica em homogeneidade, pelo contrário, reconhece a heterogeneidade como valor. No entanto, é inevitável que as individualidades se reconheçam e se fortaleçam no coletivo, considerando os diversos pontos de partida de cada mulher, levando em conta às diversas expectativas de subordinação a que estão submetidas. Neste sentido é que o gesto empreendedor de Firmina confirma as suas muitas vias de interferência. Afinal, "quem, no Brasil e no mundo, são as pioneiras na autoria de projetos e na condução de experiências em nome da igualdade e da liberdade?"[142]. Ao imaginar uma liberdade para si, Maria Firmina dos Reis considerou a possibilidade de tocar em outras humanidades.

Se atentarmos ao desenrolar da narrativa de *Úrsula* notaremos que no empreendimento os acontecimentos que envolvem os personagens tanto expõem os infortúnios de se ser mulher na sociedade patriarcal como desvenda a mente algoz que a produz, dando caráter sombrio ao regime. Consideremos alguns aspectos: vamos saber que, em um passado recente, Tancredo se apaixonou por Adelaide, mulher que escolheu para o casamento. No entanto, o pai do jovem impede este casamento alegando que Adelaide pertence a outra classe social. O pai propõe a Tancredo que assuma uma vaga que ele mesmo arruma para o filho em outro distrito, um local distante de casa. Enquanto isso, Adelaide continuaria aos cuidados da família, sendo guardada e educada por ele e pela mãe de Tancredo até o seu retorno.

O pai de Tancredo é descrito no romance como um homem tirano e opressor ao passo que sua mãe é uma mulher amável e humana, adorada pelo filho, mas que sofre violências por parte do marido. Fica explícito que a mulher não tem poderes para proteger o amado filho do despotismo e dos caprichos do marido. A proposta de trabalho de Tancredo era, na verdade, um meio de mantê-lo longe de casa. No regresso, Tancredo descobre que Adelaide está casada com seu pai e que a mãe está morta, provavelmente vítima do marido e do desgosto que sentia. Tancredo acusa o pai pela morte da mãe.

> E eu vi essa mulher, que me dera a vida, essa mulher, que era ídolo do meu coração, e lancei-me nos seus braços, chorando de alegria por tornar a vê-la; mas ela estava desfeita, e suas feições denunciavam grande abatimento moral[143].

Quando Tancredo recorre a Luiza B. a fim de pedir a mão de Úrsula em casamento, vamos conhecer também a história da "infeliz paralítica"[144], que inclui um casamento com Paulo B. sem o consentimento do irmão Fernando F., a infelicidade na relação, o assassinato do marido pelas mãos de Fernando como uma vingança a sua desobediência. Ela, além de viúva, tem o patrimônio vilipendiado pelos vícios, traições, usurpações de Paulo B., apesar de tudo o que fez por amor desse homem. Dos bens que vão a leilão, só lhe resta a velha casa, onde vive com a filha Úrsula. A infortunada também fica com dois escravizados, Túlio e Susana. O irmão faz questão de arrendar tudo quanto pode para deixar Luiza B. na mais triste condição financeira e puni-la ainda mais. Por causa de todos estes acontecimentos Luiza B. adoece, e, de tristeza, vai parar em uma cadeira de rodas, paralítica. É ainda por conta de Fernando F., que continua sua saga de autoritarismo e prepotência, que Luiza B. passa mal e morre, ao ser procurada por ele depois de muitos anos de abandono, e assim tomar ciência de que o horrendo irmão pretende forçar Úrsula, sua própria sobrinha, a se casar com ele, mesmo sabendo do amor da jovem por Tancredo, com quem ela pretendia o matrimônio.

Luíza B. fora bela na sua mocidade, e ainda no fundo da sua enfermidade podia descobrir-se leves traços de uma passada formosura. Úrsula herdara as doces feições de sua mãe. Então o mancebo contemplou-a com religioso respeito, e o que sentiu em presença desse leito de tão apuradas dores mal poderia dizer. Semelhava um cadáver a quem o galvanismo emprestara movimento limitado às extremidades superiores, mirradas e pálidas, e brilho a uns olhos negros, mas encovados[145] (Fala da narradora).

– Mulher! Anjo ou demônio! Tu, a filha de minha irmã! Úrsula, para que te vi eu? Mulher, para que te amei?!... Muito ódio tive ao homem que foi teu pai: ele caiu às minhas mãos, e o meu ódio não ficou satisfeito. Odiei-lhe as cinzas; sim, odiei-as até hoje; mas triunfaste do meu coração, confesso-me vencido, amo-te! Humilhei-me ante uma criança, que desdenhou-me e parece detestar-me! Há de amar-me. Humilhado pedi-te o teu afeto. Maldição! Paulo B., estás vingado! Tua filha oprime-me com o seu indiferentismo, e esmaga-me com o seu desprezo, como se me conhecera! Mulher altiva, hás de pertencer-me ou então o inferno, a desesperação, a morte serão o resultado da intensa paixão que ateaste em meu peito![146] (Fala de Fernando P.).

Infeliz donzela! Por que fatalidade viu ela esse homem de vontade férrea, que era seu tio, e que quis ser amado? Esse homem, que jamais havia amado em sua vida; por que a escolheu para vítima de seu amor caprichoso, a ela que o aborrecia, a ela a quem ele tornara órfã, antes de poder avaliar a dor da orfandade?[147] (Fala da narradora).

O trecho acima demostra a natureza doentia dos sentimentos que motivam as ações de Fernando F., além de serem a expressão da concepção que encaixa a mulher como um ser funcional. Djamila Ribeiro (2017) aponta Simone de Beauvoir (1908-1986) para lembrar os motivos pelos quais a mulher é vista como objeto, na interpretação da intelectual para o conceito do "em si" sartreano, a partir do qual elabora o argumento de que a mulher é constituída como "o outro". Ser mulher significa existir para uma função, como uma caneta serve para escrever e uma geladeira para gelar. Os seres humanos, entretanto, não deveriam ser pensados dessa maneira, porque trata-se novamente de uma forma de negar-lhes a humanidade. Para as mulheres não existe a possibilidade de ser um "para si", porque o mundo não é apresentado às mulheres com todas as possibilidades.

> Segundo o diagnóstico de Beauvoir, a relação que os homens mantêm com as mulheres seria esta: da submissão e dominação, pois estariam enredadas na má-fé dos homens que as veem e as querem como um objeto. (...) a mulher não é definida em si mesma, mas em relação ao homem e através do olhar do homem. Olhar este que a confina num papel de submissão que comporta significações hierarquizadas[148].

A situação principal do romance *Úrsula*, que envolve os protagonistas Úrsula e Tancredo é uma tradução contundente do que Djamila explica. Úrsula foi privada da companhia do pai e cuidava da mãe paralítica, as duas situações provocadas por Fernando F.. Úrsula também foi vítima do pai, porque este, ao trair a mãe e provocar o declínio financeiro da família, traiu também a Úrsula. A mocinha apaixona-se por Tancredo, sendo correspondida. Os dois desejam se casar e tudo se encaminha para este desenrolar, até que Fernando F. surge para impedir a consumação do casamento e forçar Úrsula a casar-se com ele. Úrsula precisa se esconder em um convento para garantir que não será mais uma vítima do tio. Entretanto, a tentativa de impedir os abusos do tio fracassam completamente. Os mocinhos se casam, mas não consumam a união; o comendador mata Tancredo na saída do casamento, mata também Túlio e leva Úrsula para sua fazenda, onde Fernando F. já mantêm Preta Susana como refém. Susana morre, prisioneira que estava em um subsolo, vítima de maus tratos. Úrsula enlouque e morre, frustrando os intentos do sanguinário. Finalmente, depois de tanto mal, Fernando F. se refugia na igreja, vira Frei – o Frei de Sta Úrsula –, e então morre. De velhice.

Conforme verificamos, a morte é uma instância presente no romance de Firmina. Esteve sempre rondando a narrativa e se torna parte constitutiva da história dos personagens. Mas, atrelada à ideia de morte, somam-se, através dos assassinatos de Úrsula e Susana, duas circunstâncias que chamam a atenção: a opção pela morte e a loucura. Susana, ainda que tenha sido uma escolha determinada por seu sequestro por Fernando F., opta por morrer a fugir, ou mesmo delatar Úrsula e Tancredo. Susana chega a ser avisada pelo capataz da fazenda de Fernando F. do que aconteceria. O capataz, que considera serem absurdas as agruras imputadas pelo tirano Fernando a Preta Susana, desiste de seu "posto", indo avisar Susana, para que ela escape. A escravizada, por sua vez, prefere não fugir, porque os inocentes não fogem. A alma está tranquila. Sua escolha está pautada nas subjetividades de uma moral própria. A morte, anunciada a Túlio em tons de profecia por Susana, também chega para ele. Túlio, que mesmo depois de alforriado não é visto por Fernando F. como um homem liberto, escolhe não trair a confiança de Tancredo, e para não "delatar" o amigo, acaba preso em um cativeiro, para que apenas depois se cumpra sua sentença de morte. Os dois personagens mantêm a hombridade. Já Úrsula, é tomada pela loucura. O que nos faz pensar que na sociedade escravocrata e patriarcal brasileira apresentada por Maria Firmina dos Reis há dois caminhos de não-subjugação e resistência para as mulheres. Se apresentam estas duas dimensões: a da morte ou a da loucura.

Então ela desvendou os olhos, e pôs-se a contemplá-lo, muda e impassível como se nada a inquietasse; e depois de alguns momentos levantou-se, deu alguns passos vagarosos e incertos, e voltando-se para Fernando, que a seguia com a vista e o coração, deixou escapar um sorriso descomposto que o gelou de neve. E Fernando F. conheceu que estava punido! Varreram-se suas afagadoras esperanças. Nesses olhos espantados e brilhantes, nesse andar incerto e nesse sorriso descomunal reconhecera que estava louca![149].

— Pois bem! Confessarás à força de tormentos o que é feito dela, e qual o nome do seu sedutor. Julgas que o ignoro? Tancredo! Rápido foi o teu regresso; mas hás de arrepender-te, assim como tu, velha louca e maldita! Levem-na — disse, acenando para os dois negros que a tinham conduzido —, levem-na, e que ela confesse o seu crime[150].

A loucura também é um dos temas recorrentes na literatura de Firmina. Em *Úrsula*, Preta Susana é acusada de ser "velha louca", o que nos dá sinais para uma preocupação da autora acerca dessa circunstância. A dimensão da loucura está evidentemente atrelada à negritude em muitos aspectos: como adoecimento do corpo (o racismo faz adoecer); como deslegitimação do discurso da mulher negra, por vezes acusada de louca, raivosa ou histérica; como justificativa para o encarceramento nos manicômios; e também como escape do sistema – consciente ou inconsciente (a própria loucura estabelecida).

De todas as mulheres que nos são apresentadas por Maria Firmina dos Reis, Adelaide é a que não é levada à morte. Ela também chama atenção por ostentar um perfil que não encontra pontos de similaridade com as demais em termos de moralidade. Adelaide é a mulher a quem Tancredo amou intensamente antes de conhecer Úrsula, mas que acaba ocupando o lugar de sua mãe. A conhecemos primeiro como uma órfã que vai parar na casa da tia (a mãe de Tancredo) e sendo cuidada por esta mulher como uma filha. Ela é descrita por Tancredo como anjo e demônio (expressão que também Fernando F. usa para descrever Úrsula em seu estado colérico). O jovem a acusa de enganá-lo e também à sua mãe, mantendo um caso com o pai dele e provocando a morte de sua própria tia, a mulher que lhe acolheu. Quando Tancredo retorna ao lar disposto a finalmente desposar Adelaide, esta já não parece mais a jovem de doces palavras que ele deixou aos cuidados dos pais. Era outra, altiva e orgulhosa.

Não há como não identificar a mudança de sua personalidade, e como não observar que há, na ação de Adelaide, uma escolha. No entanto, Adelaide não está fora do escopo de opressão que circunscreve os personagens femininos de *Úrsula*. Ela está sujeita à opressão social e de gênero, à medida em que sobre ela se diz que é uma "pobre órfã"[151], assim como Úrsula, mas Adelaide "de mãe e de pai"[152]. A orfandade é uma questão introduzida por Firmina através destes dois personagens:

> Era Adelaide. Adornava-a um rico vestido de seda cor de pérolas, e no seio nu ondeava-lhe um precioso colar de brilhantes e pérolas, e os cabelos estavam enastrados de joias de não menor valor. Distraída, no meio de tão opulento esplendor, afagava meigamente as penas de seu leque dourado. Alucinado por beleza tão radiante, corri para ela, exclamando: — Adelaide! Minha Adelaide! (...) Estendi-lhe os braços, e as expressões morreram-me nos lábios (...) mas ela, então altiva e desdenhosa, disse-me com frieza que me gelou de neve. — Tancredo, respeitai a esposa de vosso pai! (...) Encarei-a de face — estava impassível e fria como a estátua do desengano. Levantei-me cheio de desesperação e ódio. Adelaide permanecia indiferente. — Mulher infame! — disse-lhe — Perjura... Onde estão os teus votos? É assim que retribuíste a estremecida paixão que te rendi? É com um requinte de vil e vergonhosa traição que compensaste o ardente afeto de minha alma? Compreendeste ou sondaste já o profundo abismo de infame execração, e de baixa degradação, em que te despenhaste? — Silêncio, senhor! — bradou-me com orgulho e desdém — Silêncio, estais na presença da mulher de vosso pai, e respeitai-a[153].

A par das atrocidades cometidas pelos aristocratas, estava a igreja, que Maria Firmina não deixou de destacar em seu romance. A questão é retomada na história quando a autora descreve a brutalidade da captura de Preta Susana comandada pelo comendador, que acredita que a cativa tenha ajudado os noivos Úrsula e Tancredo naquilo que ele nomeia como fuga. Fernando F., a esta altura tomado de ciúmes e com desejos de vingança, organiza uma comitiva a fim de impedir o casamento de Úrsula. Desta comitiva motivada pelos caprichos do senhor de escravos faz parte o padre. Num correlato, o padre personifica a igreja católica, esta que até mesmo justifica a escravização de pretos (e possui escravizados). Em um trecho significativo o sacerdote mostra-se surpreso ao se deparar com a ira e com os desmandos do déspota, seu suposto amigo. O padre tenta defender a "inocente" Susana, mas é surpreendido por Fernando F. com a violência e a insanidade dos seus argumentos, em falas que vão revelando a farsa que sustenta esta relação.

– Mentes, padre maldito! A vossa doutrina não a escutarei nunca. A vingança, desejo-a com ardor, afago-a. Não sabes que é a única esperança que me resta? Amor! Ventura! Tudo, tudo caiu no abismo. Eles o quiseram. Oh, não os hei de poupar! O inferno? Haverá pior de que o que trago no coração? O inferno! O inferno me restituirá Úrsula pura da nodoa do amor de outrem, porque será lavado no sangue do homem por quem desprezou-me. Sabes acaso o que é ser desdenhado pela mulher que amamos? Sabes o que é ser iludido, aviltado por aquela a quem déramos a vida, a honra, a alma se no-la pedisse? — Filho — arriscou ainda o velho sacerdote —, não desafieis a cólera do Senhor. O sangue de vosso irmão vos queimará a alma; e o amor, de que vos servirá então? Julgais que vos poderá ele afagar quando ante vós se erguer mudo e impassível o espectro ensanguentado de vossa vítima clamando: — És meu assassino? Então embalde suplicareis o meigo auxílio do sono, que vossos olhos pasmados e fitos no medonho fantasma não se poderão serrar. Então ele erguerá a voz, e exclamará com horrífico acento que vos resfriará os membros, maldição do Senhor sobre aquele que assassinou o homem que era seu irmão! — Cala-te... cala-te, estúpido que és — rugiu o comendador —, que me importa a mim a vingança dos mortos! Tancredo, Úrsula, não se hão de rir do homem a quem ludibriaram[154].

As formas como todas estas realidades nos são contadas nos ajudam a perceber as evidências do tempo simultâneo de nosso investimento. No próprio contexto da narrativa de *Úrsula*, Maria Firmina dos Reis enxerta signos que nos instigam na compreensão de nossa formação social. No tempo do discurso há coabitação. Como destacamos, entre a positividade de Túlio, jovem e afro-brasileiro, e a desesperança do velho africano Antero a autora dá a conhecer Preta Susana, a personificação da ancestralidade, da memória, a biblioteca. Por outro lado, há as evidências de um sistema econômico e político que se desfaz: uma casa falida com traços de desgaste e onde habitam apenas dois escravizados, uma sinhá presa à imobilidade de uma cadeira de rodas. No futuro previsto por Firmina está a morte e um padre supostamente arrependido de ter compactuado com tamanhas monstruosidades. Mas preso ao silêncio que a batina lhe impõe e que, pelo menos nas letras de Firmina, brada por justiça e restituição, chegando a permitir que Susana "entre pelas portas do céu", justo ela, antes uma mulher demonizada, que, por ser da geração de Cam, estava condenada a subserviência e à danação:

> Em uma rede velha levavam dois pretos um cadáver envolto em grosseira e exígua mortalha; iam-no sepultar. (...) Sorria-se à borda da sepultura, porque tinha consciência de que era inocente e bem-aventurada do céu. A morte era-lhe suave, porque quebrava-lhe o martírio e as cadeias da masmorra infecta e horrenda. E sabeis vós o que é a vida na prisão? Oh, é um tormento amargo, que mata o corpo e embrutece o espírito! É morrer mil vezes sem encontrar nunca a paz da sepultura! (...) Endurecestes o coração ao brado da inocência! Porque era escrava sobrecarregaste-a de ferros (...) Assassino de Tancredo, de Túlio, de Paulo, e de Susana. Monstro! Flagelo da humanidade (...) Em vossa louca e vaidosa ideia, julgastes-vos grande (...) Oh, se o arrependimento vos não apagar a nódoa do pecado, os crimes vos despenharão no inferno. Fernando P., Deus vela sobre as ações do homem, e o condena pela vaidade estúpida do seu orgulho. Úrsula! O que é feito dela? Tremeis? (...) Chorai o pranto do arrependimento: sede caritativo e sincero que são vias para a remissão de vossos enormes pecados. (...) Escutai por esta boca impura a voz do Senhor, que na sua extrema bondade talvez o perdoe. Vivei a vida solitário, passai em

ardente e fervorosa oração os dias e as noites. Indenizai os vossos escravos do mal que lhes haveis feito, dando-lhes a liberdade[155].

Para entender os sentidos da liberdade que Maria Firmina dos Reis evoca no trecho selecionado, e nos usos da palavra "indenização", numa dinâmica possível de co-pertencimento, lembremos, para problematizar a questão, que o grupo localizado no poder acredita não ter lugar. Ao contrário, conforme desenvolve Djamila Ribeiro (2017), todos estão enraizados em um lugar (social) e é deste lugar que falam. Todos têm um lugar de fala. A consciência deste lugar é que permite a reflexão crítica sobre os temas que nos cercam. A questão fundamental para esta compreensão é a percepção das hierarquias produzidas a partir desses lugares e as suas imposições sobre a vida dos grupos subalternizados.

Robin DiAngelo, doutora em Educação Multicultural, professora e pesquisadora estadunidense, cunhou o termo "fragilidade branca"[156] a fim de alertar para os mecanismos de defesa que pessoas brancas desenvolvem para "escapar" das questões e tensões raciais, que envolvem o direito de pessoas racializadas, e que, evidentemente tocam na questão dos privilégios assegurados à branquitude. Segundo ela, os brancos da América do Norte vivem em um ambiente social que os protege do estresse relacionado às questões raciais. Ela esclarece que o ambiente isolado de proteção racial cria expectativas brancas de conforto racial, ao passo que diminui a desejável capacidade de lidar com o estresse racial, o que leva ao que ela intitula como "fragilidade branca". Para ela, a fragilidade branca é um estado em que até mesmo uma quantidade mínima de estresse racial se torna intolerável, desencadeando uma série de movimentos defensivos. Os movimentos incluem a expressão de emoções como raiva, medo e culpa. Aponta como movimento defensivo os comportamentos como discussão, o silêncio e o abandono da situação criadora do estresse. Robin DiAngelo desenvolve nas palestras que deram origem ao texto "White Fragility" (2011) que esses comportamentos funcionam como uma estratégia para restabelecer o equilíbrio racial branco. A intelectual inicia seu texto com um relato:

> Eu sou uma mulher branca. Eu estou ao lado de uma mulher negra. Estamos diante de um grupo de pessoas brancas sentadas à nossa frente. Estamos em seu local de trabalho e fomos contratadas pelo seu chefe para conduzi-los a um diálogo sobre raça. A sala está cheia de tensão e carregada de hostilidade. Acabei de apresentar uma definição de racismo que inclui o reconhecimento de que os brancos detêm poder social e institucional sobre as pessoas não brancas. Um homem branco está batendo com o punho na mesa. Seu rosto está vermelho e ele está furioso. Enquanto ele bate, ele grita: "Pessoas brancas foram discriminadas por 25 anos! Uma pessoa branca não consegue mais trabalhar!" Eu olho ao redor da sala e vejo 40 pessoas empregadas, todas brancas. Não há pessoas não brancas neste local de trabalho. Algo está acontecendo aqui e não é baseado na realidade racial do local de trabalho. Estou me sentindo desconcertada com a desconexão desse homem com essa realidade e com sua falta de sensibilidade a respeito do impacto que isso está causando na co-facilitadora, a única pessoa não branca na sala. Por que esse homem branco está tão bravo? Por que ele está sendo tão descuidado com o impacto de sua raiva? Por que todas as outras pessoas brancas estão sentadas em silenciosa aceitação ou ignorando-o? Nós simplesmente, afinal de contas, articulamos uma definição de racismo[157].

Ela pontua ainda que uma linguagem codificada racialmente, que reproduz termos como "urbano", "centro da cidade" e "desfavorecidos", mas raramente se utiliza das palavras "branco" ou "favorecido" ou "privilegiado", reproduz imagens e perspectivas racistas enquanto possibilita a confortável ilusão de que a raça e seus problemas são o que "eles" têm de resolver, "não nós". Quando um programa educacional, no caso de suas palestras, aborda diretamente o racismo e o privilégio dos brancos, as respostas comuns dos brancos incluem raiva, isolamento, incapacidade emocional, culpa, discussão e dissonância cognitiva. Alerta ainda que as reações funcionam como resistência, mas que pode ser útil conceituá-las como resultado de uma reduzida resistência psicossocial que o isolamento racial cria. É exatamente à esta falta de resistência racial que ela nomeia como "fragilidade branca".

Nas relações que se nos impõem e que envolvem tensões raciais, Djamila Ribeiro (2017) chama atenção para o fato de que um dos equívocos mais recorrentes é a confusão que se dá entre lugar de fala e representatividade, esta que se estabelece pela identificação. O fato de alguém não se sentir representado pelo outro não impossibilita que este outro possa teorizar sobre uma determinada realidade, desde que tenha conhecimentos para tal. Da mesma maneira que o *locus* social não determina uma consciência política sobre o mesmo. A questão a se considerar aqui é que todos falam a partir da sua localização social, e é fundamental que o sujeito do poder não seja desresponsabilizado disso.

As lutas por representatividade em espaços de privilégio são necessárias, mas díspares das demandas inerentes a especificidade de lugar de fala. Falar a partir de lugares é também romper com a lógica de que somente os subalternizados possam falar a partir de suas localizações. Isso faz, segundo Djamila Ribeiro, com que aqueles que "estão inseridos na norma hegemônica sequer se pensem. Em outras palavras, é preciso cada vez mais que homens brancos cis, estudem branquitude, cisgeneridade, masculinos"[158].

Refletir sobre fragilidade branca no contexto do Brasil, considerando a escrita de Maria Firmina dos Reis, que coloca na boca de um controverso personagem, o sacerdote que representa a institucionalidade da Igreja Católica, as palavras "Indenizai os vossos escravos do mal que lhes haveis feito, dando-lhes a liberdade"[159], nos leva a compreensão de que a autora nutria no cerne do seu projeto literário, *Úrsula*, a chama democrática no que ela possui de mais genuíno, ainda que prematuramente utópico: os princípios de uma igualdade real. Para findar, como uma reflexão que nos parece fundamental, Djamila Ribeiro[160] ressalta que pensar lugares de fala é assumir uma postura ética diante da dinâmica social. O lugar da escuta, não prevê, portanto, apenas o benefício do aprendizado, mas possibilidades de diálogo.

CONCLUSÃO

"O mandato de uma mulher negra (...) precisa estar pautado junto aos movimentos sociais, junto à sociedade civil organizada, junto a quem está fazendo para nos fortalecer naquele lugar onde a gente objetivamente não se reconhece, não se encontra, não se vê. A negação é o que eles apresentam como nosso perfil (...) Vamo que vamo, vamo junto ocupar tudo (sic)".

Marielle Franco (1979 -...)[161]

14 de março de 2019. Um ano após a morte de Marielle Franco, dois dos suspeitos de serem seus assassinos são revelados à população. A face do assombro parece nos visitar no futuro como que por adiantamentos. Passado, presente e futuro tem sido constantemente a mesma massa de temporalidades amalgamadas. No entanto, hoje, as aparências que esteavam a nossa constituição social sob o véu da democracia, da justiça e do avanço, na forma da igualdade, assumiram outra aparência, descaradamente torpe e vil.

O véu que encobria as nossas vergonhas coletivas está cindido. Tudo está exposto. Nossos processos separatistas como que em carne viva. Do altar mais alto em que fomos alocados simbolicamente como nação racialmente democrática despencamos aos olhos do mundo. Contemplamos este véu fendido, e, através dele, no horizonte das nossas expectativas mais pungentes, um corpo está exposto. Não apenas o de Marielle. Mas um corpo débil, porém arrogante, disposto a se alimentar do sangue dos seus continuamente.

Essa é a lógica do nosso desenvolvimento há pelo menos 500 anos: a concentração do poder nas mãos das elites definidas pelos processos repisados de clivagem social, a manutenção da exclusão, a garantia dos privilégios para as gerações herdeiras dos crimes coloniais – ainda que sob a forma da meritocracia como discurso vazio e insustentável. O poder sempre negocia e agencia novas formas de gerir a imutabilidade. Nesse contexto, a dignidade da pessoa humana é das nossas ficções fundamentais. A ausência de Marielle Franco, na presença de suas palavras, manifesta-se como a necessidade de extirpar do mundo os vultos de mudança, e evidencia a realidade, já tão tangível, desta abolição, como uma restituição da liberdade plena de direitos, como não concluída.

A latência histórica responsável por uma contínua produção de discursos narrativos sobre o Brasil em disputa, nos quais o que está em jogo são os seus enunciadores e suas capacidades de enunciar, além fundamentalmente das possibilidades (e potencialidades) de enunciação, apenas salienta a profunda incompatibilidade da democracia e do racismo, bem como de outras formas de promover exclusão. É um processo de involução. A democracia como a concretude da igualdade de direitos no exercício do poder corresponde justamente a não exclusão, esta que, por outro lado, está transparente nas instituições e nos grupos políticos.

Entretanto, o corpo silenciado de Marielle, na potência de corpo-múltiplo, na expectativa do futuro sempre retardado, mas também na ingerência e manutenção da memória, reassume, pois, sua unidade na multiplicidade de vozes. O eco que essas vozes podem emitir são reverberações de uma consciência compartilhada, forjada na experiência comum do trauma, do aniquilamento, da negação.

A comoção de sua ausência se efetiva justamente porque Marielle é um processo. Ela é parte do processo de abolição construído por mãos negras em tempo estendido. Ela é corpo estendido no tempo. Ela não era um projeto individual; foi, e é, uma construção coletiva. Fruto de seus esforços, mas oportunizada pela energia vital de muitas "Marias, Mahins e malês", como cantou o samba da Estação Primeira de Mangueira, do carnavalesco Leandro Vieira, no desfile de Carnaval em 2019. É forjada por Firminas, Lélias e Djamilas. Por isso se engana quem justifica como histeria o pranto coletivo da morte. A resistência é uma forma de dor. Se Marielle virou semente, como se diz, isto se deve a consciência assegurada por nossos ancestrais e construída na coletividade. Essa vida na consciência, para os povos subalternizados, é sempre construção, um processo árduo e pedagógico.

Portanto, a fantasmagoria assumida aqui como epígrafe de nossa voz individual-coletiva, evidencia o que seria uma espécie de último estágio da construção sonhada por Maria Firmina dos Reis. Não mais como pura ficção, mas se fazendo voz na prática política em si – esta voz que é corpo e está ligada a ele de forma indissociável. O extermínio, a ruptura no tempo inventivo da resistência, indica como uma placa de rua deveria indicar as maneiras através das quais o presente se alinha ao passado em um processo de investidas cíclicas de contenção. Mas a placa está, como vimos, cindida. Nesta conjectura o silêncio imposto é o próprio discurso. As possibilidades do existir e do não existir estão garantidas nele. A palavra assume mais uma vez a dimensão do poder. A palavra é plástica. Sua tangibilidade está no exercício do poder, nas suas mais variadas possibilidades. Ela tanto performa quanto é performada.

A presença-ausência de Marielle é a presença-ausência de muitas e revela os acordos sinistros do sistema, estes que fazem os signatários do horror se aconchegarem sob o véu da hipocrisia e da empatia seletiva. Neste tempo reiterativo, onde as forças opressoras sempre encontram meios para garantir a manutenção de sua ideologia de poder, definimos como experiência simultânea a coexistência de tempos históricos distintos como sendo o hoje. Na física, se definem como simultâneos dois eventos na relação com um mesmo referencial inercial. Por que então negaríamos o caráter retrógrado do que entendemos por contemporâneo, onde práticas, discursos e demandas sociais se alinham perfeitamente, ainda que o futuro seja uma projeção (também reiterada)?

Elegemos, portanto, uma perspectiva temporal não linear, o tempo investido de passados, presentes e futuros, fora de uma lógica simplificadora de causalidade. Reduzir o tempo a uma noção de tempo progressivo seria eliminar as tensões existentes no presente. Do percurso desta reflexão destacamos a compreensão de que o passado pode, nas narrativas africanas, ser revivido como uma experiência atual de forma quase intemporal. Neste sentido, o tempo do discurso, como processo dialético, está circunscrito a uma perspectiva de tempo em suspensão. Onde falas diversas, neste espaço-tempo da inexatidão, se processam.

É ainda neste lugar que nossas quatro mulheres se performam. Da ficção a política há sempre na prática do discurso um processo de rememoração e atualização. Como griottes, tomamos estas que edificam seu tempo na transmutação dele mesmo. Não esquecer é também uma forma de resistir.

O projeto em comum, presente em Úrsula, de Maria Firmina dos Reis, e identificado em Lélia Gonzalez, Djamila Ribeiro e Marielle Franco, é, desta maneira, uma ferramenta para uma desalienação coletiva na luta por direitos. Se nomeamos estas mulheres como griottes dos nossos dias é como um gesto de atualização na diáspora. É levando em conta o caráter comprometido com a coletividade de suas existências. É observando seus processos de resistência na rememoração das histórias ocultadas pelo processo histórico hegemônico. É considerando, depois de tudo isso, a escrita como uma necessidade de sobrevivência na experiência do pós-Atlântico negro – numa relação ancestralidade e gerações atuais.

No viés de um campo de resistência-insurgência, seja como traço sociocultural característico de um povo, ou na possibilidade circunstancial de perpetuação e troca de saberes como manutenção de uma dimensão de luta política do existir, os ecos de um saber não domesticado, no sentido colonizador e opressor do termo, comungam com esta dimensão decolonial que se apresenta como uma necessidade.

É preciso ainda considerar que entre as muitas faces de Maria Firmina dos Reis, como uma precursora da escrita, se destaca a capacidade de tornar sua condição de mulher negra uma agência de transformação política e inscrição no mundo. Essas poucas páginas não conseguem dar conta das aberturas de sua literatura. Ao escrever "Vos encontramos no meio de vossas dores"[162], Firmina parece assumir o caráter premonitório de uma griotte, em conformidade com a maneira como a tomamos aqui, sendo ela mesma um atravessamento para além de si mesma, no espaço e no tempo, dilatando-se.

Maria Firmina dos Reis devolveu ao indivíduo subalternizado, e aqui destacamos principalmente a mulher negra, a memória, o imaginário, a palavra. E a palavra em sua dimensão mais sagrada, como uma força anímica que expressa o ser nas suas relações com o visível e o invisível. Ela aporta no centro da discussão literária e cultural brasileira a mulher negra. No âmbito das performances afro-atlânticas, além de se inscrever como protagonista de si, intensifica uma reflexão de cunho existencialista a partir de uma individualidade negra.

Por fim, caminhar com Lélia Gonzalez, Djamila Ribeiro e Marielle Franco pelas trincheiras epistemológicas e cotidianas é compreendê-las como transmutações de um signo definido pela marca colonial. Como mulheres-eco elas reverberam Maria Firmina dos Reis, em um movimento vigoroso de ressignificação. Se levarmos em conta que a diáspora negra significa também o sequestro físico, o sequestro tecnológico e o sequestro do imaginário de um povo, restituir o direito de imaginar não é pouca coisa.

NOTAS

1 Para assistir ao último debate que a vereadora Marielle Franco participou antes de seu assassinato, acessar o link: https://www.youtube.com/watch?v=meKepBFqSs8.

2 O poema foi publicado em 1978. Para conferir o poema completo "Still I Rise" (Ainda assim eu me levanto), de Maya Angelou, acessar: https://www.geledes.org.br/maya-angelou-ainda-assim-eu-me-levanto/.

3 Para assistir à palestra completa de Angela Davis no campus da Universidade Federal do Recôncavo da Bahia (UFRB), em 2017, acessar: https://www.youtube.com/watch?v=cbg1g55QHoY.

4 HALL, Stuart. Da diáspora: identidades e mediações culturais. Belo Horizonte: Editora UFMG, 2013, p. 32.

5 Considerando que a reivindicação de um lugar de fala pressupõe a ausência da voz de sujeitos subalternizados, e que por isso mesmo necessitam disputar um espaço ausente nos debates, a proposta do lugar de falha surge como uma possibilidade de pensar com a elaboração do "lugar de fala" de Djamila Ribeiro (2017).

6 RIBEIRO, Djamila. O que é: lugar de fala?. Belo Horizonte (MG): Letramento: Justificando, 2017, p. 16.

7 Ibid, p. 24.

8 REIS, Maria Firmina dos. Úrsula: romance; A escrava: conto. Belo Horizonte: Editora PUC Minas, 2018, p. 44.

9 HAMPÂTÉ BÂ, Amadou. "A tradição viva". In: KI-ZERBO, Joseph. História Geral da África, I: Metodologia e pré-história da África. Brasília: UNESCO, 2010, p. 168.

10 HAMPÂTÉ BÂ, Amadou. Amkoullel, o menino fula. São Paulo: Palas Athena: Acervo África, 2013, p. 10.

11 Ibid, p. 11.

12 RIBEIRO, Djamila. O que é: lugar de fala?. Belo Horizonte (MG): Letramento: Justificando, 2017, p. 17.

13 GONZALEZ, Lélia. "Por um feminismo afrolatinoamericano". Revista Isis Internacional, Santiago, v. 9, p. 133-141, 1988d, p. 17.

14 Maria Firmina dos Reis trabalha estas identidades em outras obras de sua autoria, como, por exemplo, nos contos A escrava (1887) e Gupeva (1861/1862). Neste último, a escritora desenvolve uma narrativa indianista, revelando também uma preocupação com esta outra perspectiva.

15 REIS, Maria Firmina dos. Úrsula: romance; A escrava: conto. Belo Horizonte: Editora PUC Minas, 2018, p. 103.

16 Conforme TED ministrado pelo professor Eduardo de Assis Duarte, na Festa Literária das Periferias (FLUP) de 2018, acerca das últimas pesquisas sobre o tema, além do pioneirismo no que diz respeito à asserção abolicionista, podemos acrescentar que, muito provavelmente, a obra de Maria Firmina dos Reis é o primeiro romance deste teor escrito em português, e talvez o primeiro romance abolicionista das Américas.

17 REIS, Maria Firmina dos. Úrsula: romance; A escrava: conto. Belo Horizonte: Editora PUC Minas, 2018, p. 26, grifo da autora.

18 Ibid, p. 25, grifos da autora.

19 D'ANGELO, Helô. "Quem foi Maria Firmina dos Reis, considerada a primeira romancista brasileira". Revista Cult, 10 de novembro de 2017. Acessar em: https://revistacult.uol.com.br/home/centenario-maria-firmina-dos-reis/

20 REIS, Maria Firmina dos. Úrsula: romance; A escrava: conto. Belo Horizonte: Editora PUC Minas, 2018, p. 26.

21 Ibid, p. 26.

22 Ibid, p. 25.

23 GONZALEZ, Lélia. "A categoria político-cultural de amefricanidade". Tempo Brasileiro, Rio de Janeiro, n. 92/93, p. 69-82, jan./jun. 1988, p. 71.

24 GONZALEZ, Lélia. "A democracia racial: uma militância". Entrevista à Revista Sociedade de Estudos e Atividades Filosóficos (SEAF), em 1985, republicada em UAPÊ: Revista de cultura, n.º 2 – "Em cantos do Brasil", abril de 2000, p. 1.

25 Ibid, p. 1.

26 GONZALEZ, Lélia. "Racismo e sexismo na cultura brasileira". In: SILVA, L. A. et al. Movimentos sociais urbanos, minorias e outros estudos. Ciências Sociais Hoje, Brasília, ANPOCS n. 2, 1984, p. 223, grifos meus.

27 Disponível em: https://www.cartacapital.com.br/sociedade/conceicao-evaristo-201c-nossa-fala-estilhaca-a-mascara-do-silencio201d.

28 FANON, Frantz. Pele negra, máscaras brancas. Salvador: UFBA, 2008, pp. 104-105.

29 GONZALEZ, Lélia. "A importância da organização da mulher negra no processo de transformação social". Raça e Classe, Brasília, ano 2, n. 5, p. 2, nov./dez. 1988, p. 70.

30 GONZALEZ, Lélia. "Racismo e sexismo na cultura brasileira". In: SILVA, L. A. et al. Movimentos sociais urbanos, minorias e outros estudos. Ciências Sociais Hoje, Brasília, ANPOCS n. 2, 1984, p. 225.

31 Ibid, p. 238.

32 GONZALEZ, Lélia. "A importância da organização da mulher negra no processo de transformação social". Raça e Classe, Brasília, ano 2, n. 5, p. 2, nov./dez. 1988, p. 70.

33 RIBEIRO, Djamila. O que é: lugar de fala?. Belo Horizonte (MG): Letramento: Justificando, 2017, p. 86.

34 REIS, Maria Firmina dos. Úrsula: romance; A escrava: conto. Belo Horizonte: Editora PUC Minas, 2018, p. 170, grifos meus.

35 Ibid, p. 25.

36 PEREIRA, Carlos Alberto M.; HOLANDA, Heloisa Buarque. Patrulhas Ideológicas: arte e engajamento em debate. São Paulo: Brasiliense, 1979, p. 203.

37 GONZALEZ, Lélia. "A democracia racial: uma militância". Entrevista à Revista Sociedade de Estudos e Atividades Filosóficos (SEAF), em 1985, republicada em UAPÊ: Revista de cultura, n.º 2 – "Em cantos do Brasil", abril de 2000, p. 2.

38 REIS, Maria Firmina dos. Úrsula: romance; A escrava: conto. Belo Horizonte: Editora PUC Minas, 2018, p. 35.

39 Ibid, p. 152.

40 Ibid, p. 166.

41 GONZALEZ, Lélia. "Racismo e sexismo na cultura brasileira". In: SILVA, L. A. et al. Movimentos sociais urbanos, minorias e outros estudos. Ciências Sociais Hoje, Brasília, ANPOCS n. 2, 1984, p. 233.

42 Não foi possível localizar a referência original da fala de Angela Davis. No entanto, o portal que pela primeira vez me apresentou tal frase está disponível em: https://inverta.org/jornal/agencia/movimento/mulher-feminismo-e-luta-revolucionaria.

43 Trecho da música "Herói de preto é preto", retirado do álbum "A Hora do revide" (2008), do grupo de hip-hop maranhense "Gíria Vermelha". Conferir em: MACHADO, Maria Helena Pereira Toledo. "Maria Firmina dos Reis: invisibilidade e presença de uma romancista negra no Brasil do século XIX ao XX". In: REIS, Maria Firmina dos. Úrsula. São Paulo: Penguin Classics Companhia das Letras, 2018, p. 7.

44 REIS, Maria Firmina dos. Úrsula: romance; A escrava: conto. Belo Horizonte: Editora PUC Minas, 2018, p. 25.

45 Ibid, p. 27.

46 Ibid, p. 27.

47 Ibid, p. 32.

48 Ibid, p. 31.

49 Ibid, p. 32.

50 Ibid, p. 33.

51 Ibid, p. 31.

52 Ibid, p. 35.

53 Ibid, p. 30.

54 HEGEL, Georg Wilhelm Friedrich. Filosofia da História. Brasília: Editora da UnB, 1999, pp. 83-86, grifo meu.

55 DUARTE[2], Eduardo de Assis. "Úrsula e a desconstrução da razão negra ocidental". In: DOS REIS, Maria Firmina. Úrsula: romance; A escrava: conto. Belo Horizonte: Editora PUC Minas, 2018, p. 211.

56 Ibid, p. 211.

57 Ibid, p. 212.

58 REIS, Maria Firmina dos. Úrsula: romance; A escrava: conto. Belo Horizonte: Editora PUC Minas, 2018, p. 32.

59 GONZALEZ, Lélia. "A categoria político-cultural de amefricanidade". Tempo Brasileiro, Rio de Janeiro, n. 92/93, p. 69-82, jan./jun. 1988[a], p.76.

60 REIS, Maria Firmina dos. Úrsula: romance; A escrava: conto. Belo Horizonte: Editora PUC Minas, 2018, p. 167.

61 Ibid, p. 102.

62 Ibid, p. 32.

63 Não foi possível localizar a obra original em que consta esta frase de Lélia Gonzalez. No entanto, nos deparamos pela primeira vez com ela no site Favela Potente disponível em: https://favelapotente.wordpress.com/2014/07/23/367/.

64 REIS, Maria Firmina dos. Úrsula: romance; A escrava: conto. Belo Horizonte: Editora PUC Minas, 2018, p. 34.

65 Ibid, p. 34.

66 Ibid, pp. 165-166.

67 Por exemplo, os jornais A Imprensa, em agosto de 1860; o Jornal do Comércio, em agosto de 1860; o jornal A moderação, em agosto de 1960; o jornal A Verdadeira Marmota, em agosto de 1861; no jornal O Publicador Maranhense, em 1860, entre outros.

68 Ibid, p. 36.

69 Ibid, p. 32.

70 Ibid, p. 36.

71 GONZALEZ, Lélia. "A democracia racial: uma militância". Entrevista à Revista Sociedade de Estudos e Atividades Filosóficos (SEAF), em 1985, republicada em UAPÊ: Revista de cultura, n.º 2 – "Em cantos do Brasil", abril de 2000, p. 14.

72 *RATTS, Alex; RIOS, Flávia. Lélia Gonzalez* – Coleção *Retratos do Brasil Negro*. São Paulo: Selo Negro, 2017, pp. 60-61.

73 BAIRROS, Luiza. "**Lembrando Lélia Gonzalez**". Afro-Ásia, nº 23, Salvador, 1999, p. 25.

74 Discurso inédito escrito por Marielle Franco e lido na Câmara dos Vereadores do Rio em 27 de março de 2018 pelo vereador Tarcísio Motta (PSol) na votação do Plano Municipal de Educação do Rio de Janeiro. Disponível em: https://www.facebook.com/pg/TarcisioMottaPSOL/videos/. Acesso em 28/03/2018.

75 COLLINS, Patricia Hill. "Aprendendo com a outsider within: a significação sociológica do pensamento feminista negro". Revista Sociedade e Estado – Volume 31, Número 1, Janeiro/Abril 2016.

76 HALL, Stuart. Da diáspora: identidades e mediações culturais. Belo Horizonte: Editora UFMG, 2013.

77 ANDERSON, Benedict R.. Comunidades Imaginadas: reflexões sobre a origem e a difusão do nacionalismo. São Paulo: Companhia das Letras, 2008.

78 MIGNOLO, Walter D.. "Desobediência epistêmica: a opção descolonial e o significado de identidade em política". Cadernos de Letras da UFF – Dossiê: Literatura, língua e identidade, nº 34, pp. 287-324, 2008, p. 290.

79 HALL, Stuart. Da diáspora: identidades e mediações culturais. Belo Horizonte: Editora UFMG, 2013, p. 38.

80 Na mitologia grega, ele é o mais jovem dos titãs, filho de Urano, o céu estrelado, e Gaia, a terra. Para os gregos comuns, o titã Cronos era o deus do tempo por excelência.

81 Iroko é um orixá do candomblé Keto. Corresponde ao vodum Loco no candomblé Jeje e ao inquice Tempo no candomblé Banto.

82 RIBEIRO, Djamila. O que é: lugar de fala?. Belo Horizonte (MG): Letramento: Justificando, 2017, p. 31.

83 REIS, Maria Firmina dos. Úrsula: romance; A escrava: conto. Belo Horizonte: Editora PUC Minas, 2018, p. 26.

84 Ibid, pp. 99-104.

85 Ibid, p. 26.

86 BORGES, Jorge Luiz. Ensaio autobiográfico. São Paulo: Companhia das Letras, 2009, p. 15.

87 HAMPÂTÉ BÂ, Amadou. Amkoullel, o menino fula. São Paulo: Palas Athena: Acervo África, 2013, p. 14.

88 Ibid, p. 13.

89 BEJA, Pedro. Esse ofício da ficção. Absurdo, labirinto e angústia na prosa de Jorge Luis Borges. Rio de Janeiro: Editora Multifoco, 2015, p. 49.

90 HAMPÂTÉ BÂ, Amadou. "A tradição viva". In: KI-ZERBO, Joseph. História Geral da África, I: Metodologia e pré-história da África. Brasília: UNESCO, 2010.

91 RIBEIRO, Djamila. O que é: lugar de fala?. Belo Horizonte (MG): Letramento: Justificando, 2017, p. 28.

92 MBEMBE, Achille. A crítica da razão negra. Lisboa: Antígona, 2017, p. 28.

93 HALL, Stuart. Da diáspora: identidades e mediações culturais. Belo Horizonte: Editora UFMG, 2013, p. 55.

94 REIS, Maria Firmina dos. Úrsula: romance; A escrava: conto. Belo Horizonte: Editora PUC Minas, 2018, pp. 103-104.

95 GILROY, Paul. O Atlântico Negro: modernidade e dupla consciência. São Paulo, Rio de Janeiro, 34/Universidade Cândido Mendes – Centro de Estudos Afro-Asiáticos, 2001, p. 25.

96 FANON, Frantz. Pele negra, máscaras brancas. Salvador: UFBA, 2008, p. 34.

97 RIBEIRO, Djamila. Quem tem medo do feminismo negro?. São Paulo: Companhia das Letras, 2018, pp. 85-87.

98 REIS, Maria Firmina dos. Úrsula: romance; A escrava: conto. Belo Horizonte: Editora PUC Minas, 2018, p. 25.

99 RIBEIRO, Djamila. O que é: lugar de fala?. Belo Horizonte (MG): Letramento: Justificando, 2017, p. 84.

100 RIBEIRO, Djamila. O que é: lugar de fala?. Belo Horizonte (MG): Letramento: Justificando, 2017, pp. 20-21. Disponível em: https://www.geledes.org.br/e-nao-sou-uma--mulher-sojourner-truth/

101 GONZALEZ, Lélia. "Racismo e sexismo na cultura brasileira". In: SILVA, L. A. et al. Movimentos sociais urbanos, minorias e outros estudos. Ciências Sociais Hoje, Brasília, ANPOCS n. 2, 1984, p. 235.

102 "Descolonizando o conhecimento" foi transcrita pelo Instituto Goethe, estando disponível em: https://goo.gl/sYWwY1. Trata-se de uma palestra performance realizada no Centro Cultural São Paulo a convite do Goethe-Institut para participação na Mostra Internacional de Teatro (MITsp) e no Massa Revoltante, projeto que faz parte dos Episódios do Sul (Goethe-Institut). Acesso em 30/03/2019.

103 REIS, Maria Firmina dos. Úrsula: romance; A escrava: conto. Belo Horizonte: Editora PUC Minas, 2018, p. 103.

104 BEAUVOIR, Simone de. O Segundo Sexo, II: A experiência vivida. São Paulo: Difusão Europeia do Livro, 1967, p. 9.

105 RIBEIRO, Djamila. O que é: lugar de fala?. Belo Horizonte (MG): Letramento: Justificando, 2017, p. 15.

106 Ibid, p. 69.

107 GILROY, Paul. O Atlântico Negro: modernidade e dupla consciência. São Paulo, Rio de Janeiro, 34/Universidade Cândido Mendes – Centro de Estudos Afro-Asiáticos, 2001, p. 127.

108 RIBEIRO, Djamila. O que é: lugar de fala?. Belo Horizonte (MG): Letramento: Justificando, 2017, p. 24.

109 Ibid, p. 43.

110 REIS, Maria Firmina dos. Úrsula: romance; A escrava: conto. Belo Horizonte: Editora PUC Minas, 2018, p. 155.

111 RIBEIRO, Djamila. O que é: lugar de fala?. Belo Horizonte (MG): Letramento: Justificando, 2017, p. 63.

112 Disponível em: http://www.ipea.gov.br/portal/.

113 Também disponível em: https://nacoesunidas.org/onu-mulheres-chama-de-escandalo-morte-de-23-mil-jovens-negros-por-ano-no-brasil/. Acesso em 17/01/2019.

114 Disponível em: https://afrocentricidade.files.wordpress.com/2016/04/o-genocidio--do-negro-brasileiro-processo-de-um-racismo-mascarado-abdias-do-nascimento.pdf.

115 GONZALEZ, Lélia. "Racismo e sexismo na cultura brasileira". In: SILVA, L. A. et al. Movimentos sociais urbanos, minorias e outros estudos. Ciências Sociais Hoje, Brasília, ANPOCS n. 2, 1984.

116 Disponível em https://www.cartacapital.com.br/sociedade/conceicao-evaristo-201c-nossa-fala-estilhaca-a-mascara-do-silencio201d. Acesso em 20/10/2018.

117 COLLINS, Patricia Hill. "Aprendendo com a outsider within: a significação sociológica do pensamento feminista negro". Revista Sociedade e Estado – Volume 31, Número 1, Janeiro/Abril 2016.

118 XAVIER, Giovana. "Feminismo: direitos autorais de uma prática linda e preta". Folha de São Paulo, Blog #AgoraÉQueSãoElas, 19 de julho de 2017. Disponível em: https://agoraequesaoelas.blogfolha.uol.com.br/2017/07/19/feminismo-uma-pratica-linda-e--preta/

119 REIS, Maria Firmina dos. Úrsula: romance; A escrava: conto. Belo Horizonte: Editora PUC Minas, 2018, p. 45.

120 RIBEIRO, Djamila. O que é: lugar de fala?. Belo Horizonte (MG): Letramento: Justificando, 2017, p. 75.

121 ZIN, Rafael Balseiro. "Maria Firmina dos Reis e seu conto 'A escrava': consolidando uma literatura abolicionista". Revista XIX, Artes e Técnicas em Transformação, Volume 1, Número 4, 2017, p. 11.

122 Human Rights Watch é uma organização internacional não governamental que defende e realiza pesquisas sobre os direitos humanos. A sede HRW está localizada na cidade de Nova York, E.U.A.

123 Disponível em: https://g1.globo.com/monitor-da-violencia/noticia/cresce-n-de-mulheres-vitimas-de-homicidio-no-brasil-dados-de-feminicidio-sao-subnotificados.ghtml Acesso em 18/01/2019.

124 Disponível em: http://www.fundosocialelas.org/falesemmedo/noticia/violencia-domestica-contra-as-mulheres-negras-cresce-no-pais/15913/. Acesso em 18/01/2019.

125 Disponível em: https://g1.globo.com/mundo/noticia/2019/01/17/brasil-enfrenta--superlotacao-carceraria-e-epidemia-de-violencia-domestica-diz-human-rights-watch. ghtml. Acesso em 17/01/2019.

126 REIS, Maria Firmina dos. Úrsula: romance; A escrava: conto. Belo Horizonte: Editora PUC Minas, 2018, p. 185.

127 Ibid, p. 22.

128 Ibid, p. 73.

129 ADICHIE, Chimamanda Ngozi. "Perigo de uma história única", 2019. Disponível em: http://www.pordentrodaafrica.com/cultura/o-perigo-de-uma-historia-unica-por-chimamanda-adichie

130 REIS, Maria Firmina dos. Úrsula: romance; A escrava: conto. Belo Horizonte: Editora PUC Minas, 2018, p. 99.

131 HALL, Stuart. Cultura e representação. Rio de Janeiro: Editora PUC-Rio, 2016, p. 171.

132 Ibid, p. 172.

133 REIS, Maria Firmina dos. Úrsula: romance; A escrava: conto. Belo Horizonte: Editora PUC Minas, 2018, p. 21.

134 Ibid, p. 101.

135 Ibid, pp. 100-101.

136 Ibid, p. 44.

137 BHABHA, Homi K.. O local da cultura. Belo Horizonte: Editora UFMG, 1998, p. 30.

138 Algumas imagens de manifestações no Brasil podem ser conferidas nos seguintes vídeos: https://www.youtube.com/watch?v=CxxujavIiIQ&t=34s; https://www.youtube.com/watch?v=vNYkcDN--pk; https://www.youtube.com/watch?v=qgqlOFueLP4.

139 AKOTIRENE, Carla. O que é: interseccionalidade?. Belo Horizonte (MG): Letramento: Justificando, 2018, p. 54.

140 REIS, Maria Firmina dos. Úrsula: romance; A escrava: conto. Belo Horizonte: Editora PUC Minas, 2018, p. 63.

141 GONZALEZ, Lélia. "Por um feminismo afrolatinoamericano". Revista Isis Internacional, Santiago, v. 9, p. 133-141, 1988d, p. 12.

142 XAVIER, Giovana. "Feminismo: direitos autorais de uma prática linda e preta". Folha de São Paulo, Blog #AgoraÉQueSãoElas, 19 de julho de 2017. Disponível em: https://agoraequesaoelas.blogfolha.uol.com.br/2017/07/19/feminismo-uma-pratica-linda-e--preta/

143 REIS, Maria Firmina dos. Úrsula: romance; A escrava: conto. Belo Horizonte: Editora PUC Minas, 2018, p. 60.

144 Ibid, p. 35.

145 Ibid, pp. 89-90.

146 Ibid, p. 114.

147 Ibid, p. 129.

148 RIBEIRO, Djamila. O que é: lugar de fala?. Belo Horizonte (MG): Letramento: Justificando, 2017, p. 36.

149 REIS, Maria Firmina dos. Úrsula: romance; A escrava: conto. Belo Horizonte: Editora PUC Minas, 2018, pp. 177-178.

150 Ibid, p. 154.

151 Ibid, p. 62.

152 Ibid, p. 60.

153 Ibid, p. 82.

154 Ibid, p. 156.

155 Ibid, pp. 180-181.

156 Disponível em: https://revistas.ufrj.br/index.php/eco_pos/article/view/22528/12626.

157 DiANGELO, Robin. "White fragility". International Journal of Critical Pedagogy, vol. 3, 2011, p. 54.

158 RIBEIRO, Djamila. O que é: lugar de fala?. Belo Horizonte (MG): Letramento: Justificando, 2017, p. 84.

159 REIS, Maria Firmina dos. Úrsula: romance; A escrava: conto. Belo Horizonte: Editora PUC Minas, 2018, p. 181.

160 RIBEIRO, Djamila. O que é: lugar de fala?. Belo Horizonte (MG): Letramento: Justificando, 2017, p. 84.

161 Trecho da última fala pública de Marielle Franco na Casa das Pretas, na Lapa, em 14 de março de 2018, antes de ser assassinada, no momento em que se despediu de quem estava no local.

162 REIS, Maria Firmina dos. Úrsula: romance; A escrava: conto. Belo Horizonte: Editora PUC Minas, 2018, p. 36.

REFERÊNCIAS BIBLIOGRÁFICAS

ADICHIE, Chimamanda Ngozi. "Perigo de uma história única", 2019. Disponível em: http://www.pordentrodaafrica.com/cultura/o-perigo-de-uma-historia-unica-por-chimamanda-adichie;

AKOTIRENE, Carla. **O que é: interseccionalidade?.** Belo Horizonte (MG): Letramento: Justificando, 2018;

ANDERSON, Benedict R.. **Comunidades Imaginadas:** reflexões sobre a origem e a difusão do nacionalismo. São Paulo: Companhia das Letras, 2008;

BAIRROS, Luiza. "**Lembrando Lélia Gonzalez**". Afro-Ásia, nº 23, Salvador, 1999;

BEAUVOIR, Simone de. **O Segundo Sexo, II:** A experiência vivida. São Paulo: Difusão Europeia do Livro, 1967;

BEJA, Pedro. **Esse ofício da ficção. Absurdo, labirinto e angústia na prosa de Jorge Luis Borges.** Rio de Janeiro: Editora Multifoco, 2015;

BENJAMIN, Walter. "Teses sobre o conceito de história". In: **Obras escolhidas. Vol. 1.** Magia e técnica, arte e política. Ensaios sobre literatura e história da cultura. São Paulo: Brasiliense, 1987, pp. 222-232;

BHABHA, Homi K.. **O local da cultura.** Belo Horizonte: Editora UFMG, 1998;

BORGES, Jorge Luiz. **Ensaio autobiográfico.** São Paulo: Companhia das Letras, 2009;

COLLINS, Patricia Hill. "Aprendendo com a outsider within: a significação sociológica do pensamento feminista negro". **Revista Sociedade e Estado** – Volume 31, Número 1, Janeiro/Abril 2016;

_____. "Comment on Hekman's 'Truth and Method: Feminist Standpoint Theory Revisited': Where's the Power?". Signs: **Journal of Women in Culture and Society** 22, no. 2, Winter, 1997. Disponível em: https://www.journals.uchicago.edu/doi/abs/10.1086/495162?journalCode=signs&;

DiANGELO, Robin. "White fragility". **International Journal of Critical Pedagogy**, vol. 3, 2011;

DUARTE[1], Constancia Lima et. al. (orgs.). **Maria Firmina dos Reis: faces de uma precursora.** Rio de Janeiro: Editora Malê, 2018;

DUARTE[2], Eduardo de Assis. "Úrsula e a desconstrução da razão negra ocidental". In: DOS REIS, Maria Firmina. **Úrsula**: romance; A escrava: conto. Belo Horizonte: Editora PUC Minas, 2018, pp. 209-236;

FANON, Frantz. **Pele negra, máscaras brancas**. Salvador: UFBA, 2008;

FENSKE, Elfi Kürten (pesquisa, seleção e organização). **Maria Firmina dos Reis - fragmentos de uma vida**. Templo Cultural Delfos, junho/2015. Disponível no link: http://www.elfikurten.com.br/2015/06/maria-firmina-dos-reis.html

GILROY, Paul. **O Atlântico Negro:** modernidade e dupla consciência. São Paulo, Rio de Janeiro, 34/Universidade Cândido Mendes – Centro de Estudos Afro-Asiáticos, 2001;

GONZALEZ, Lélia. "A democracia racial: uma militância". Entrevista à **Revista Sociedade de Estudos e Atividades Filosóficos** (SEAF), em 1985, republicada em **UAPÊ: Revista de cultura,** n.º 2 – "Em cantos do Brasil", abril de 2000;

_____. "A categoria político-cultural de amefricanidade". **Tempo Brasileiro**, Rio de Janeiro, n. 92/93, p. 69-82, jan./jun. 1988a;

_____. "A importância da organização da mulher negra no processo de transformação social". **Raça e Classe**, Brasília, ano 2, n. 5, p. 2, nov./dez. 1988b;

_____. "Mulher negra". In: NASCIMENTO, Elisa Larkin (Org.). **Guerreiras de natureza: mulher negra, religiosidade e ambiente**. São Paulo: Selo Negro, 2008, pp. 29-47;

_____. "Nanny". **Humanidades**, Brasília, v. 17, ano IV, p. 23-25, 1988c;

_____. "Por um feminismo afrolatinoamericano". **Revista Isis Internacional**, Santiago, v. 9, p. 133-141, 1988d;

_____. "Racismo e sexismo na cultura brasileira". In: SILVA, L. A. et al. Movimentos sociais urbanos, minorias e outros estudos. **Ciências Sociais Hoje**, Brasília, ANPOCS n. 2, 1984, pp. 223-244;

HALL, Stuart. **Da diáspora:** identidades e mediações culturais. Belo Horizonte: Editora UFMG, 2013;

_____. **Cultura e representação**. Rio de Janeiro: Editora PUC-Rio, 2016;

HAMPÂTÉ BÂ, Amadou. **Amkoullel, o menino fula**. São Paulo: Palas Athena: Acervo África, 2013;

_____. "A tradição viva". In: KI-ZERBO, Joseph. **História Geral da África, I:** Metodologia e pré-história da África. Brasília: UNESCO, 2010, pp. 167-212;

HEGEL, Georg Wilhelm Friedrich. **Filosofia da História**. Brasília: Editora da UnB, 1999;

HOOKS, bell. "Intelectuais negras". **Estudos Feministas**, nº 2, 1995. Disponível em: https://www.geledes.org.br/wp-content/uploads/2014/10/16465-50747-1-PB.pdf;

MACHADO, Maria Helena Pereira Toledo. "Maria Firmina dos Reis: invisibilidade e presença de uma romancista negra no Brasil do século XIX ao XX". In: DOS REIS, Maria Firmina. Úrsula. São Paulo: Penguin Classics Companhia das Letras, 2018;

MBEMBE, Achille. **A crítica da razão negra.** Lisboa: Antígona, 2017;

MIGNOLO, Walter D.. "Desobediência epistêmica: a opção descolonial e o significado de identidade em política". **Cadernos de Letras da UFF** – Dossiê: Literatura, língua e identidade, nº 34, pp. 287-324, 2008;

NASCIMENTO, Abdias do. **O Genocídio do Negro Brasileiro:** processo de um racismo mascarado. São Paulo: Perspectivas, 2016;

PEREIRA, Carlos Alberto M.; HOLANDA, Heloisa Buarque. **Patrulhas Ideológicas**: arte e engajamento em debate. São Paulo: Brasiliense, 1979;

PIGLIA, Ricardo. **O laboratório do escritor.** São Paulo: Iluminuras, 1994;

RATTS, Alex; RIOS, Flávia. Lélia Gonzalez – **Coleção Retratos do Brasil Negro.** São Paulo: Selo Negro, 2017;

REIS, Maria Firmina dos. Úrsula: romance; A escrava: conto. Belo Horizonte: Editora PUC Minas, 2018.

RIBEIRO, Djamila. **O que é: lugar de fala?.** Belo Horizonte (MG): Letramento: Justificando, 2017;

_____. **Quem tem medo do feminismo negro?.** São Paulo: Companhia das Letras, 2018;

ROSAS, Guimarães. "Com o vaqueiro Mariano". In: **Estas Estórias.** Rio de Janeiro: Nova Fronteira, 2015.

SANTOS, Boaventura de Sousa. **Um discurso sobre as ciências.** São Paulo: Cortez, 2010;

XAVIER, Giovana. "Feminismo: direitos autorais de uma prática linda e negra". **Folha de São Paulo, Blog #AgoraÉQueSãoElas**, 19 de julho de 2017. Disponível em: https://agoraequesaoelas.blogfolha.uol.com.br/2017/07/19/feminismo-uma-pratica-linda-e-negra/;

ZIN, Rafael Balseiro. "Maria Firmina dos Reis e seu conto 'A escrava': consolidando uma literatura abolicionista". **Revista XIX, Artes e Técnicas em Transformação**, Volume 1, Número 4, 2017.

Documentos audiovisuais:

Infiltrado na Klan. Título original: BlacKkKlansman. Direção: Spike Lee. Roteiro: Sipke Lee, David Rabinowitz, Kevin Willmott, Charlie Wachtel. **Fotografia:** Chayse Irvin. Direção de Arte: Marci Mudd. Direção de elenco: Kim Coleman. Trilha sonora: Terence Blanchard. **Direção de produção:** Matthew A. Cherry. **Produtores:** Jordan Peele, Jason Blum, Shaun Redick, Sean McKittrick, Spike Lee. Produção: Blumhouse Productions, EUA. Focus Features. 2018. 135 min.

Copyright © 2022 Renata Di Carmo

COORDENAÇÃO EDITORIAL
Isabel Valle

DESIGN DE CAPA
Mayra Muniz

```
Dados Internacionais de Catalogação na Publicação (CIP)
(Câmara Brasileira do Livro, SP, Brasil)

    Di Carmo, Renata
        As faces de Maria Firmina dos Reis : diálogos
    contemporâneos / Renata Di Carmo. -- 1. ed. --
    Rio de Janeiro : Bambual Editora, 2022.

        ISBN 978-65-89138-25-9

        1. Escritoras brasileiras 2. Ensaios brasileiros
    3. Mulheres na literatura 4. Mulheres negras
    5. Romance brasileiro I. Título.

22-117755                                    CDD-B869.3
```

Índices para catálogo sistemático:

1. Romance : Literatura brasileira   B869.3

Aline Graziele Benitez - Bibliotecária - CRB-1/3129

www.bambualeditora.com.br
conexa@bambualeditora.com.br

AGRADECIMENTOS

Nossa gratidão imensa a todas as pessoas que participaram da campanha de financiamento coletivo para a publicação deste livro. Ela aconteceu pela plataforma Benfeitoria e recebeu o nome de Diálogos com Maria Firmina. Vocês fazem parte deste projeto!

Adriana Benetti Fortes • Adriana Mesquita Rigueira • Ale Nahra • Aline Covolo Ravara • Aline de Moura Rodrigues • Aline Fernandes Gama • Allan Kardec de Oliveira • Amanda Fernandes • Ana Claudia Camargo G Germani • Andréa Estevão • Anita Machado Gomes • Anna Tornaghi • Antonio Pita • Beatriz Pedrosa • Bruna Leite Costa • Bruna Próspero Dani • Bruno Arouca Villas Boas • Caio Fábio Schlechta Portella • Camila Paoletti • Carine Szneczuk de Lacerda • Carla Albuquerque de Oliveira • Carla Maria Pereira Rodrigues Valle • Carla Stoicov • Carolina Peixoto Ferreira • Caroline Falero • Claudio Casaccia • Cristina Reis • Dandara Manoela • Daniel Cruzatti • Daniela Giarola • Denise Viola Correa • Diaspora.Black • Dirlene Antonia Soares Ribeiro Martins • Drica Paiva • Dulce Mesquita • Eduardo Alves de Carvalho • Elda Mulholland • Elisa Lustosa Caillaux • Elise Haas de Abreu • Esperanza Sobral • Fabiana Santos Gomes • Feliciane Fonseca • Filipe Freitas • Giselle Sato - Convivendo com a dor crônica • Iajima • Instituto da Cor ao Caso • Isabela Santos Machado • Ivanna Cruz • Joao Antunes • Karla Mourão • Katia dos Santos Miccolis • Kelly Regina Sobral • Letícia Machado • Lucas Milanez Leuzinger • Lúcia Lazarini Fonseca • Luciana Jácome Morais • Lucimara Anselmo Santos Letelier • Luiz André Corrêa de Ávila • Luiz Eduardo Alcantara • Luiza Pereira • Luiza Terpins • Marcus Vinicius Rodrigues Mannarino • Margaret Rodrigues • Maria Cecilia Pestana • Maria Goretti Sales Maciel • Maria Vitória Palhares • Mauricio Henriques Marques Luz • Mauro Meirelles • Mayra Muniz • Naíla Silveira de Andrade • Natalia Carcione • Natalia Guilger • Nidia Regina de Lima Aguilar Fernandes • Renata Georgia Motta Kurtz • Renata Gomes Netto • Rita Cristina Dias da Costa Vargas • Roberta Flores Pedroso • Sueli Roberta da Silva • Sylvia Arditti • Tamira Oliveira Rocha • Tatiana Leite • Thaiza Pontes Portella • Vanessa Andrade • Yara Alencar